二版序

　　我在機場遇見一個老先生，拿著一個酒杯發呆。我並非一個善於主動跟陌生人開口說話的人。於是並沒有特別注意這個老先生，也跟著一起發呆。

　　老先生對著杯子說話。開始的時候含糊不清，我也沒怎麼仔細聆聽。吸引我的注意力的，其實是一段話。

　　老先生說：「怎麼你當杯子比當人快樂？」

　　我轉過頭去，看著那個杯子。老先生似乎注意到了我，舉起杯子跟我做了個敬酒的動作。我微微點頭，禮貌地笑了笑。

　　「以前啊，我覺得當個人好。」老先生看著杯子。

　　「想去哪裡就去哪裡，想喝酒、吃肉就大口大口吃。」

　　「後來才發現，我想做是做了。」

　　「人，卻還留在以前的快樂裡面，沒有跟著往前。」

　　我把手中的書翻了一頁，盡量假裝做著自己的事兒，不打擾他。

　　「還不如你在肚子裡裝滿的東西，才夠自由。」

　　我忍不住把書給闔上，想著老先生說的話。杯子很快樂嗎？可惜他並沒有生命。肚子裡裝滿的東西，酒或者茶都好，卻被人端著走來走去。甚至待在酒櫃裡，一待就是一輩子了。快樂的地方在哪裡呢？迷惘之間，老先生搖晃著手裡的酒杯，我才發現自己盯著杯子發愣。太不禮貌了，我歉然笑了笑。

　　「年輕人，你喝酒嗎？」老先生問我。

　　「我不喝酒。」我笑著。

　　「十年後我再遇見你，希望你還是這麼回答我。」

　　「希望如此。」我堅定地。

　　「我像你這年紀，恐怕也是這麼堅決。」

　　「是嗎？」我好奇。

　　「只是走著走著，不喝酒就走不下去了。」

　　「會嗎？」我問。

　　「你走下去了嗎？」老先生問我。

　　「我不知道。」我搖頭。

　　「會嗎？」老先生學著我的口氣。

　　然後我笑了，似懂非懂地。

　　「我好像知道了一點點。」我說。

　　「你不好奇為什麼他比我們快樂？」

　　老先生端著酒杯問我。我只是搖頭。

「那你麼不問我？」老先生盯著我看。

「我想這樣有些打擾，也太不禮貌了。」

「所以你就什麼東西也沒裝進去了。」老先生說。

「裝進去哪裡？」

「你的杯子。」

「我不是杯子啊。」我瞪著眼睛。

「那你是什麼？」老先生微笑著。

「我是人。」我聳肩。

「誰告訴你的？老師？父母？」

「大家都知道的。」我說。

我甚至開始懷疑老先生精神有點問題。

「你以為你比杯子自由嗎？」老先生問我。

「當然，我可以自由行走，自由選擇。」我說。

「那為什麼大家說你是人，你就是人？」老先生搖頭。

「你不是可以自由選擇，那為何不當杯子？」

「但我不是杯子啊，杯子不自由，被端來端去。」我說。

「你才不自由，人說你是什麼就是什麼，你才被端來端去。」

我差一點罵出「神經病」三個字。然後我突然胸口一悶。的確沒錯。走到這個地方，我總是被人端來端去。人要我做什麼表情、什麼動作，我做足了一百分。可惜，杯子還是空的。

「但是杯子不也任人倒進東西？想要的、不想要的都是。」

我忍不住開口問著。

「他也只是比我們快樂而已。」老先生說。

「至少他可以裝滿東西在身體裡，而我們空洞得要命。」

「那我們怎麼裝滿東西？酗酒？」

老先生哈哈大笑，引起經過的旅人的注視，卻絲毫不在意。

「會嗎？」老先生說。

聽他說完，我也跟著大笑了起來。

老先生把杯子遞給我，說了聲再見就走了。留下拿著杯子發呆的我，沒穩住心神甚至會以為碰到鬼了。我拿著杯子仔細看了看，不過就是一個普通的玻璃杯。

「你比我快樂嗎？」我小聲地。

之後，那杯子被我收在書櫃上頭。每回我工作的時候，一抬頭就可以看見他。然後發現自己還是一樣被端來端去。直到有一天，我竟然又在機場遇見了那個老先生。那已經是三年以後的事了。

「年輕人，你裝了東西了嗎？」老先生問我。

「有。」我點頭，「滿肚子大便算嗎？」

我竟然已經可以跟陌生人開玩笑了。三年的時間可以改變很多東西。包括人的心。

「不錯，你的杯子已經打開了。」老先生說。

「我不是杯子。」我搖頭苦笑。

「你還在被端來端去嗎？」

「不知道。」我說，但心裡卻想著，這世上誰不被現實端

來端去？

「你知道未來會發生什麼事嗎？」老先生突然扯開話題。

「誰知道呢？」我聳肩。

「我知道。」老先生說。

「有一天，你老了，好老好老了，你會站在這裡，或者坐下。」

「然後對著一個年輕人說，你什麼都沒留在身體裡。」

「這一輩子，只是被端來端去。」

我笑了，哈哈大笑。

「你是在說你自己嗎？」我問。

「好多年前，我也是這樣回答那個老人的。」

「那你裝滿了什麼東西？」

「除了杯子越來越老舊，什麼都沒有。」他說。

「是嗎？」我好奇。

「那你呢？你這輩子想裝滿什麼東西？」

「還是這樣一天空洞一天，直到我這個年紀？」

「我不想空洞。」我說。

「那就留下一點東西。」老先生拍拍我的肩膀。

然後，他站了起來，像好多年前那樣，要走了。

「對了。」老先生停下腳步，回過頭看著我。

「我的杯子裝了一點點殘留的東西在杯底。」他說。

「是什麼？」我站了起來。

「後悔。」老先生笑了。

從此以後，我再也沒見過他。當然，我免不了還是被人端來端去。但我知道我會留下一點東西。希望你也是。

對了，我忘了說。這是《天使忘了飛翔》的改版序。而這本書原本的名字叫做《風中的琴聲》也是《雷旺號角》。我只希望還有人記得這個名字。也留下一點東西。

前奏曲

「當我走在前面，我看不到你，覺得你追不上我；
當我走在你身後，我覺得完蛋了，因爲我追不上你。」
文靜是這樣跟我說的。
但是那時候的我只是傻傻地笑著，
然後跟文靜肩並肩一起走。靜靜地走。

　　雷旺說，他正沉默地吶喊著，我聽不懂。天剛好下起雨，聽說是今年第一個成型的颱風。這個颱風名字很特別，叫做雷罷。

　　會特別的原因是我知道，雷旺的爸爸就叫做雷罷。我每次見到他總也是「雷罷」「雷罷」的叫著，也不知道是在叫「雷霸」還是「雷爸」。

　　沒關係，反正雷旺的爸爸一點也不在意，雖然聽起來像是直接叫著他的本名。

　　天下起雨，我不知道雷旺為什麼這麼高興，興奮地把鞋子、衣服脫掉，在鬼屋旁邊空地上奔跑，雙手高高舉起彷彿迎接著什麼恩典一樣，那樣虔誠的表情和享受的感覺很噁心。雷旺真是個怪人，這感覺打從我認識他以來就沒有否定過。

　　「你不覺得被認為是個怪人是一件很酷的事情嗎？」

　　『酷你個鬼。』

　　「怎麼樣，也比你這個傻人來得好。」

　　我直接當雷旺的面說他很怪，他是這樣回答我的。我真的很傻嗎？

　　「如果不是你，我當初不會這麼放心。」雷旺說：「但是沒想到你是個智障。」

　　雷旺說完之後拿起口琴，在鬼屋旁的山邊對著海洋吹起了口琴。我聽不出他吹著的是什麼曲調，從來沒聽過旋律的口琴聲隨著海風輕拂我的臉，跟著海浪高高、低低的一聲接著一聲。並不是我們的歌。

　　我喜歡那天海洋傳過來鹹鹹的風味，還有雷旺吹口琴時候的表情。不帥，但是很迷人。比樂子喜歡的黎明還要迷人。

　　樂子是我的同班同學，也跟雷旺是隔壁班同學，真是廢話。不過，樂子並不喜歡雷旺，樂子覺得，雷旺的腦神經一定有破洞，中樞神經失調加上習慣性的傻笑，雷旺一定是個變態。

　　我不知道樂子說的話對不對，也不知道雷旺到底是不是變態，不過我聽到樂子這樣說的時候，我忍不住哈哈大笑。我會大笑是有原因的。

　　第一：樂子一邊說這樣的話，一邊挖鼻孔然後把鼻屎黏在雷旺的摩托車椅墊上。

　　第二：雷旺追過樂子，或者說一直追著樂子。當然不是樂子欠雷旺錢。

　　第三：雷旺追樂子的那件事，知道的只要想到不會大笑三十秒，我謝晉溢馬上脫光衣服到中山大學裸奔。

　　不知道多久以前，年代實在太久遠所以我記不清楚，不過依稀記得還是個穿制服的年代，雷旺追過王佳樂，也就是樂子。

　　或者該說雷旺不停地追樂子。

　　雷旺是體育班的班長，體育班就在我們音樂班的隔壁。雷旺綽號叫做旺來，就是鳳梨的意思，把雷旺顛倒念就知道為什麼了。雷旺拿了一顆鳳梨，到我們班的講台上拿起麥克風。那時候是早自修的時間。

　　「王佳樂同學，妳真的很漂亮，笑容很甜，為了證明妳的笑容比鳳梨還要甜，我決定表演一分鐘吃光鳳梨的畫面；並且

告訴大家，王佳樂的笑容很甜，連我這個鳳梨，都被王佳樂的甜笑吃光光。」

　　然後雷旺就把鳳梨連皮一起咬，一邊吃一邊吐皮，真的在一分鐘之內啃光整個鳳梨。樂子在座位上嚇傻了眼，連一句話都不敢吭，接著到教室後面拿掃把把地板上的鳳梨皮掃乾淨。

　　「王佳樂同學，妳是否愛上我了？」

　　『想太多。』

　　「那妳為什麼這麼貼心的幫我掃地板上的鳳梨？」

　　樂子沒有說太多話，指了黑板一下。值日生：王佳樂

　　我確定那時候是早自修時間。所以雷旺雖然不必把我們的教室打掃乾淨，但是他必須到教官室用褲子幫教官拖地。因為雷旺後來是被教官「請」出我們班，然後在教官室替雷旺留了一個位置，讓雷旺每天早上體育班練習完就可以到教官御賜的位置上，罰跪。

　　一直持續到學期末。

　　雷旺是一個怪人，怪得過分卻覺得自己很酷的人。雷旺在雨中吹完口琴，拿著溼透了的衣服鞋子，看看鬼屋旁光禿禿的樹，對著我傻笑。

　　「幹嘛？」我問。

　　『我在想，什麼時候還可以偷摘這裡的水果。』

　　「等果實長出來啊。」

　　『我說的是偷摘，不是光明正大的摘，蠢。』

　　「幹嘛這麼喜歡當小偷啊，拜託……」

　　然後我不說話。我想起了那段偷摘水果的日子。

　　雨沒有因爲雷旺白痴的舉動而停止，果實也沒有因爲雷旺
的口琴聲長出來。我跟雷旺走著，準備到人車都多的地方招攬
計程車。

　　「喂，奇怪，我明明有撐傘，你可以進來躲雨啊！」

　　『我喜歡淋雨嘛。』

　　「那你是白痴喔，全身濕搭搭的，有計程車會停下來載你
才有鬼。」

　　『你覺得這世界上沒有鬼喔？』

　　「這個不是重點啦，智障。」

　　『那如果有怎麼辦？』

　　「有沒有鬼關我屁事啊！」

　　『不是啦，我是說有計程車載我怎麼辦？』

　　「不可能。」

　　『有怎麼辦？』

　　「有的話……我把這支雨傘吞下去。」

　　然後我在計程車上，假裝睡覺。

　　『喂，趕快啊，把它吞下去。』

　　「等等啦，我要睡覺，好睏啊。」

　　『喂，先吞嘛，我想看你把雨傘吞下去。』

　　很該死的，這台計程車不知道是心地太善良還是眞的缺錢
到不行，看到雷旺全身溼透眼神凶惡還停車，實在很莫名其妙。
偏偏雷旺這混帳又很愛「盧」，不會眞的要我把雨傘吞下去吧！

『喂，不要睡啦，先表演給我看嘛！』

「……」

『喂，快點啦，我很好奇耶！』

『喂，那不然，從屁股插進去也可以啦！』

然後我睜開眼睛，把雨傘從雷旺頭上插下去。雷旺，沉默的吶喊著。

到了雷旺家，雷爸看到雷旺渾身溼透，只是到廚房去煮了一鍋很像薑湯的東西，說真的，難喝到爆。難怪雷旺洗完澡出來，連看都不看一眼就打開電視看NBA。聽說，這鍋薑湯是煮給他喝的，結果都是我在喝。

「雷爸，你煮的薑湯真難喝。」

『格老子底，真假的？』

『不會啊，小晉，雷爸覺得很美味啊！』

「拜託，雷爸，不要什麼都是你以為好不好！難怪雷旺跟你一樣。」

『格老子底，真有那麼難喝？』

颱風，我在雷旺家喝著薑湯，也不打算回家。說實話我也回不去，反正我家一個人都沒有，回去也是寂寞。

雷爸拿了幾片VCD出來，叫雷旺把電視轉掉，他要跟我們分享他最近的戰利品，都是目前最新最轟動最熱門的，嗯，AV女優。

『喂，雷旺，你這混帳，打個電話叫小樂樂一起過來看嘛。』

「死老頭，現在風大雨大，加上樂子是女孩子，你想害我

被她殺掉然後棄屍喔！

　　我跟你說幾次了，這東西你自己看就好，幹嘛拿出來！」

　　我在旁邊差點笑歪了，不過看他們天兵父子溝通其實挺有趣。聽著聽著，我竟然把跟漿糊一樣的薑湯嗑光，人的潛能真是無限大。

　　『喂，小晉，你也想看對不對？』

　　「我拒絕回答這種問題。」

　　『要不要來一片啊？』

　　「那有沒有刺激一點的？」

　　雷旺拿遙控器丟我。好吧，我只好不給意見，把鍋子，碗收一收拿到廚房去。

　　「雷旺。」

　　『幹嘛？』

　　「你吹口琴來聽一下。」

　　『不要。』

　　「要不要這麼直接？吹一下會死喔！」

　　『不想。』

　　「我當兵那麼久，都沒好好聽你的口琴聲，給聽一下會死喔。」

　　『剛剛你不就聽到了。』

　　「我還想再聽以前最常聽的那首……」

　　『我吹的不是快樂的聲音，所以我現在不想吹。』

　　雷旺擦著口琴說著。

　　我正在當兵，還有幾個月就退伍。入伍一年多來，我幾乎沒有跟任何人聯絡，包括雷旺和樂子。我不知道雷旺怎麼打聽到我放假的日期，也不清楚為什麼今天會見到雷旺，當我準備招計程車的時候，我被不知道是什麼東西打到。很痛，很熟悉。我看到雷旺偷偷收起手上的彈弓，我笑了。果然是雷旺。

　　我會認識雷旺因為樂了，就是因為高中時候雷旺衝進我們班教室，拿起麥克風，對樂子告白。後來一次我在廁所遇到他，不知道為何，我竟然主動開口跟他說話。可能是因為剛好他在我旁邊的小便斗尿尿吧。

　　「同學，你是不是雷旺？」雷旺其實很有名，因為是體育班的班長。

　　『是啊。』

　　「有　件事情想告訴你。」

　　『快說，你這樣跟我聊天我尿不出來。』

　　「那我等一下再說好了。」

　　『靠，你這樣子我更尿不出來。』

　　「是喔，那我不說了。」

　　『我警告你，你趕快說，我的手很痠。』

　　「為什麼手很痠？」

　　『銬，一隻手一直捧著啾啾當然痠啊！』

　　「什麼是啾啾？」

　　『小雞雞啦，你到底要不要說，不然我拿啾啾對著你噴喔！』

　　真是噁心。這就是雷旺。

我告訴他，他的口水很多，因為我是負責借跟還麥克風的，當天他用完麥克風之後，麥克風簡直可以滴出水來。

『沒辦法，我口水多啊。』說完他開始大笑。

「不要說得好像很了不起一樣！」我搖搖頭。

『我實話實說。』

我就這樣跟雷旺熟了起來，也不知不覺地，因為雷旺對樂子的死纏爛打，跟樂子

也熟稔了起來。雖然順序有點怪怪的。

樂子是班上的班花，我們音樂班的女孩子本來就是漂亮出名的，在一群美女中稱霸，可見樂子有多漂亮。可以跟樂子熟，其實我很驕傲。因為樂子在班上幾乎沒有其他要好的朋友，大家總覺得樂子太冷，好像很驕傲很瞧不起人。

我知道不是，只是樂子不知道怎麼先開口跟人說話，也不知道怎麼找話題，甚至有時候還會懊惱自己口才不好。當然，這是樂子自己這麼認為，基本上，樂子其實挺有趣的，說話也挺直接的，只是沒有機會讓她插入話題而已。

一個是自以為自己很酷的雷旺，一個是自以為自己很木訥的樂子。兩個都是我的好朋友。

高中時候，當別班男生過來跟我探聽樂子的消息，我實在很想告訴他們，樂子其實是一個會當眾挖鼻孔，然後把鼻屎「狗」在路邊摩托車握把的人；也很想告訴他們，樂子其實只有Ａ罩杯，她的內衣其實塞了很多層的水餃。

水餃就是胸罩裡頭用來塞豐滿一點的東西，樂子告訴我的。

　　我能這樣說嗎？不行，所以樂子還是擁有超級霹靂的高人氣，我還是每個禮拜都要幫一堆男生轉送情書，雷旺還是要很憤怒的聽到這種消息就在我的耳邊對我吼一下。

　　雷旺會開始學口琴，我想，大概也是因為樂子的關係吧。我一邊想著，一邊看著雷旺。

　　雷爸偷偷地把電視轉台，雷旺不像以前一定會跟雷爸在客廳用 STF 或者 DDT 這些摔角絕技互相攻擊，只是安靜地走進房間。我沒有直接過去雷旺房間，先到廚房幫鍋子和碗給洗好，擦乾淨手，然後敲了敲房間的門。

　　說實話，不要看雷旺高頭大馬，黝黑的膚色加上令人恐懼的雙眼，一副殺人魔的樣子他的房間比樂子還要乾淨不知道幾倍。

　　偷偷說，床頭櫃還有幾年前麥當勞很流行的哈囉凱蒂。想到哈囉凱蒂，我忍不住在雷旺的房間門口笑了出來，雷旺在房間裡面咆哮，還聽見他拿東西丟門的聲音。

　　「幹嘛？」

　　『沒有啊，想看你進房間幹什麼，不會是看了雷爸的 VCD 忍不住……』

　　「去你的，少亂說。」

　　我一邊說話，一邊偷偷地用眼睛瞄了一下雷旺的床頭櫃，竟然還多了幾隻玩偶。

　　實在不可思議，這傢伙真的很噁心。

　　『喂，』我指著床頭櫃，『這些東西哪裡來的？』

「買的啦。」雷旺一點也不想理我。

『你眞是變態。』

「幹嘛，我很討厭人家說我變態。」

我嚇了一跳，過了這麼久還是沒改變。我知道，雷旺不喜歡人說他變態。開玩笑也不行。因爲樂子。

『喂，那幾隻是什麼啦？』

「皮卡丘跟哈姆太郎啦。」

『什麼丘？誰阿母殺人？（太郎聽起來像台語的殺人）』

「你眞的遜掉。難道你不知道皮卡丘是凱蒂貓的未婚夫？」

『放屁，明明是丹尼爾。』

「笨豬，他們早就離婚了。」

『靠，什麼時候的事？』

「當兵兩三年，乞丐變有錢。什麼都變了啦！」

『那那個什麼台郎的，殺了誰？』

「是哈姆太郎啦，他是以前是皮卡丘的小跟班，現在自己單飛了啦。」

『眞假的？』

「騙你西瓜長樹上。眞的啦！」

如果西瓜長在樹上，那麼它是紅西瓜，還是黃西瓜呢？當初麥當勞的哈囉凱蒂系列，是雷旺翹課淋雨吹太陽曬風的，不，是曬太陽吹風的，排隊買的。全部都齊全。

當然，是爲了樂子。樂子最喜歡這種可愛的玩偶，所以，雷旺就排隊買了全部的哈囉凱蒂給樂子。

　　不過，現在在雷旺的床頭櫃上。

　　「我不喜歡哈囉凱蒂。你不要那麼變態，大男人買這種東西。」多少年了，我不知道。從那時候開始，雷旺反而自己喜歡上這些玩偶，時常可以看到他拿郵購想要定一大堆的玩偶回家。雷旺討厭人說他是變態，也因為樂子時常罵雷旺是變態。這是禁語，在雷旺的耳朵裡面。

　　這幾年沒有見到雷旺，雷旺一點也沒有改變。一點也沒有。還是一樣的噁心，一樣的什麼都是自以為，一樣的，會拿彈弓射我。

　　雷旺的彈弓聲名遠播，號稱只要雷旺手中有彈弓，沒有攻擊不到的東西。那，飛機咧？

　　靠，都說是號稱了，幹嘛找碴？

　　記得那個時候，下課雷旺喜歡找我和噴子德一起到學校後面的空地去打鳥。噴子德叫做申強德，聽起來像是「神槍德」，不過不可能給他那麼好聽的封號，所以大家都叫他噴子德。

　　雷旺跟我會準備一點麵包屑，然後灑在空地上，四周灑一點胡椒粉，真的，小鳥喜歡胡椒粉的味道，很容易就會聚集一群小麻雀，或者白頭翁。然後噴子德會在我這一邊，雷旺在另外一邊，一起發射，子彈是上課的時候，噴子德拿數學考卷包著硬掉的飯粒做的。

　　當然，每次都是雷旺贏，我跟噴子德兩個人，打到的鳥比雷旺一個人還要少。最可憐的是那些鳥兒，聽到這裡不要驚慌，我們當然不會把他們烤來吃，只是抓來綁住鳥兒的腳，然

後像放風箏一樣,放手,拉回來。

放手,鳥兒就會飛吧!

不一會兒,就會被拉在我們手中的繩子扯下來。怎麼樣,都飛不了的,飛不了的。這個遊戲在高中一年級的時候,是我們三個的最大樂趣;雖然我是音樂班,課業壓力比較大,但是我還是玩得很開心,每天都是。體育班的人,真的比較活潑,比較好玩。從小就一路讀音樂班上來的我,真的感覺很新鮮。

每次都可以看到噴子德一邊射鳥,一邊偷拿石頭丟雷旺,想要干擾雷旺。噴子德真的很有趣,每次跟雷旺吵架,明明知道自己打不過雷旺,想要跑逃還不准雷旺追他。

「會怕趕快跑啊,會怕趕快溜啊。」

其實自己一直跑,還頻頻回頭看雷旺追到了沒。

這個遊戲其實很無聊,勝利的永遠只有一個,就是雷旺。所以我開始跟申強德同盟,絞盡腦汁偷襲暗算雷旺,偶爾樂子不必補習我們也會拉著樂子一起玩,像是申強德偷拔住在鬼屋的翁婆婆種的水果丟雷旺,當雷旺去追申強德的時候,我跟樂子就埋伏在路邊拿彈弓攻擊雷旺。

這麼無恥的方法是樂子想出來的,而且樂子總是找最尖最硬的石頭攻擊雷旺。好像有什麼血海深仇一樣。

「你們這些死小鬼,又來偷拔我的水果……」翁婆婆從鬼屋拿著掃帚跑出來,我跟樂子總是跑得跟飛一樣。

「噴子德,快跑,翁婆婆出來了!」我一邊跑一邊大喊。

「哇靠!」

　　申強德為了躲翁婆婆的掃帚，驚慌失措之下不知道犧牲了多少支彈弓。很久以後，翁婆婆拿出來給我們看的時候，才知道申強德不知道因為這些彈弓回家被揍了多少次。

　　有的時候我很想問噴子德，是鬼屋的翁婆婆比較可怕，還是正在追殺他的雷旺比較可怕。可是我始終問不出口，因為我知道兩個都不可怕。

　　那個時候的噴子德知道嗎？應該知道吧！

　　這個颱風的威力驚人，雷旺家附近的一座橋被大水沖垮了。這一個雷罷颱風，造成了嚴重的災情。

　　「我們去那座橋附近看看好不好？」

　　「你有病喔。」我說

　　「去看看啊，好久沒做這種事了。」

　　「我不要。」

　　「我這麼纖細，一定會被風吹走都不怕了。」

　　「請問你哪裡纖細？」

　　昏倒。雷旺如果纖細的話，摔角選手就是小紅帽了。

　　「也許我的外型不是，但是我有一顆纖細的心，也會被吹走啊！」

　　「以你的塊頭，我看要龍捲風才會把你吹走。」

　　「走啦！」

　　「我不要。」我胡亂轉著電視遙控器。

　　「來啦！」

　　「我想活著回部隊。」

雷旺咬著下嘴唇，用很無辜可愛的表情看著我。但是我想吐，因為無辜可愛不能拿來形容眼前的雷旺。

「去嘛！」

「我警告你，」我拿遙控器丟向他，「你的表情不要這麼噁心。」

「怎麼樣，無辜吧！」

「無辜個鬼。」

「我呢，也是個無辜的好孩子啊！」

「不要加『好』啦，拜託。」

「我真是個悲天憫人的乖寶寶。」

「你給我住嘴！」

最後我們還是去了那一座橋，穿著雨衣的我們很像兩個白痴。也很像歹徒。

「你走在我前面啦，幫我擋風，不然我會被吹走。」

「你這麼大一隻，最好我擋得住你。」我怒吼。

「好遠喔。」

「你才知道喔。」

「走我前面。」

雷旺硬是把我拉到他的前面去走。風大雨大的，真不知道我到底為什麼放假要跟這個傢伙在這邊受苦受罪。

「我不要走在前面啦！」我怒吼。

「白痴，雨從後面打過來的啦！」

雨從後面打過來的？我吃力地回頭一看，大部分的雨的確

是從後面掃射過來。

「我不要走在前面。」我堅持。

「那你走後面。」雷旺說。

「不要，一起走就好了。」

我討厭走前面，也不喜歡走後面。

「當我走在前面，我看不到你，覺得你追不上我；當我走在你身後，我覺得完蛋了，因為我追不上你。」

文靜是這樣跟我說的。但是那時候的我只是傻傻地笑著，然後跟文靜肩並肩一起走。靜靜地走。

「混帳，終於到了。」雷旺的聲音被雨聲掩蓋了許多。

「滿意了吧！」

滿臉的雨水。我跟雷旺站在橋的這一端，望著遠方已經被沖毀的橋身，底下的溪水轟隆隆地咆哮著，好像我們隨時都會被吞噬一樣。

「橋不見了。」雷旺說。

「看得出來。」

「嗯。」

橋不見了，原本不必十分鐘的路程，看起來好遠。從這一端到那一端，不知道要花多久才會到達。

「回去吧。」我說。

「多待一會兒，我想看一下這座橋。」

「等一下就換別人來看我們了啦，走啦。」

「小晉，你會不會覺得，其實這座橋從來不存在。」

「你被風吹傻囉？」

「沒事。」雷旺對我笑了笑。

是翁婆婆。翁婆婆說過，我們之間有一座橋，聯繫著我們的感情，這是一座假想的橋，但是那是用我們的青春以及單純搭造的，要我們好好珍惜。

翁婆婆一說完，噴子德馬上拿彈弓射雷旺。

「我在跟你維繫感情啊！」

噴子德一邊被雷旺追殺，一邊回頭大喊：「翁婆婆妳騙人啦！」

我也對雷旺笑了笑，這一段往事好像昨天才發生過。而我們之間的那座橋，好像從來不存在一樣，看得見兩端，過程卻被時間的洪流沖走了。

「雷旺，吹一下那首歌。」

「什麼？」

「吹一下那首歌啦。」

雷旺手伸到雨衣裡頭，掏出了口琴，身子倚在橋墩邊，然後隨著嘴唇以及手的動作，一聲一聲。雖然因為雨水浸濕了口琴，聲音有些不清脆，但是一聲一聲，雷旺開始吹著那一首歌。

「走吧。」雷旺收起了口琴。

「嗯，走吧。」

我不想走在前面，也不想走在後面。耳邊彷彿還響著方才雷旺的口琴聲，那一首曲子。

「我們的歌」。

第
1
樂
章

如果不是那一天雨下得大，文靜出現在我的眼前，
我想我永遠不會記起曾經有過這麼一段找尋寶藏的過去。
我很想當面跟文靜道謝，因為健忘的我，
總是容易遺漏「人生」這篇小說中的一些章節，
而到目前為止，最精采的那一個章節，叫做「年少」。

「去你的雷罷颱風！」我在風雨中大吼。

「我回去跟我爸說。」

「我是在罵颱風啦！怎麼樣我跟雷爸也算有一點交情，你不要破壞我們……」

「我要跟他說。」

「賤種！」

我想踹雷旺，可惜他跑在我的前頭，我腳太短追不上他。我完蛋了，我追不上他。

就像文靜追不上我一樣。文靜的個頭小小的，每次我們在玩彈弓的時候，她總會躲在旁邊不參加。一邊看著白痴的雷旺，低能的噴子德和帥氣我互相攻擊。

每次文靜聽到我這麼形容，總會笑我不要臉。我總是在她面前說自己敢笑「黎明」不帥氣。因為樂子喜歡黎明。

而我們戰鬥沒提到樂子的原因，是因為只有她攻擊人，我們都沒膽子往她的方向發射。這是一面倒的欺侮人，不能算戰鬥。文靜是樂子的國中同學，樂子介紹她給我們認識的那天，差點變成雷旺的忌日。

「你們聽好了，這個是我國中同學，叫做文靜。」樂子拉著文靜。

「你們好，」文靜怯生生地，「我是文靜，我姓卜。」

文靜一說完，大家都愣了一下。

然後雷旺開始大笑：「卜文靜，哇哈哈哈，不文靜，哇哈哈哈哈……妳為什麼不姓郝？郝文靜怎樣也比卜文靜好聽啊！

哇哈……」

那個時候從樂子手上往雷旺身上飛過去的石頭，快要比雷旺的腳毛還多。

「你再笑我就把你推到山下去！」樂子說，「沒禮貌。」

「沒關係啦，我不介意。」

「哼，雷狗旺，你給我小心一點。」

雷旺跟噴子德還是不可遏止地偷笑。

「嘿，她真的是妳的國中同學喔？」我偷偷問樂子。

「對啊，有問題嗎？」

「怎麼氣質差那麼多？」

「你說她氣質不好？你怎麼這樣！我要跟她說。」

我真的差點昏倒。看來樂子完全聽不懂我話中的含意。這點倒是跟雷旺挺像的。

「妳為什麼不　起來玩啊？」我問文靜。

「因為我腿太短，跑不快，不敢玩。」

「沒關係啊，我們不敢射妳啦，有樂子在妳不用怕。」

「但是這樣就不好玩啦！」

「會嗎？」文靜點點頭。

當我們在決鬥的時候，她好像都是這樣看著。應該吧，那時正忙著追逐的我，總沒發現待在一旁文靜的眼神，是看著哪個方向。當我跟噴子德都被雷旺Ｋ慘了以後，我們會跑到鬼屋旁邊，偷拔翁婆婆種的番石榴來吃。

雷旺說那個叫做「土芭樂」，雖然沒什麼解渴的功效，但

是很甜，很有口感。可是每次噴子德偷拔「土芭樂」的時候，總是會被翁婆婆發現，然後拿著掃把追著噴子德跑。我們就躲在鬼屋的後面，看著噴子德一邊哀嚎，一邊奔跑著。

我們總說翁婆婆住的那間平房是「鬼屋」，因為靠近後山，看起來陰森森的。而且剛開始噴子德偷拔翁婆婆的番石榴的時候，翁婆婆托著掃帚衝出來的模樣真的非常嚇人。

「噴子德你小心點，小心翁婆婆以後會放狗咬你。」

雷旺說：「不過樂子妳放心，我會保護妳。」

「怕什麼？你這隻狗我都不怕了，雷狗旺。」

我們三個在旁邊笑得翻過去，雷旺只能搔搔頭。

「喂，我們去鬼屋探險好不好？」噴子德說。

「你有毛病喔？翁婆婆在裡面，你敢進去喔？」

「怕什麼，敲門啊！」

樂子敲了噴子德的頭一下：「這樣算哪門子的探險啊！」

「對啊，而且這樣好可怕喔，不要啦。」我說。

「有人在嗎？」文靜跑過去敲鬼屋的門那時候，我們全部嚇傻了。

「文靜！」樂子大喊，我們也一起跑過去。

「啊？」文靜回頭，「不是要敲門嗎？」

「哇靠，妳真的一點都不文靜……」

雷旺說到一半，門「喀」的一聲打開了。

「你們是不是又想偷拔我的芭樂了？」翁婆婆拿著掃帚開門。

「我們、我們⋯⋯」

我拚命忍住想逃跑的衝動，看著雷旺。平常最伶牙俐嘴的樂子也被突如其來的一幕嚇壞了，一句話也說不出來。噴子德的姿勢就是隨時準備逃跑的神態，離翁婆婆最近的文靜瞪大眼睛，也不知道該怎麼辦。

「我們、我們要來探險。」雷旺說。

我差點昏倒。

「你們的感情真好。」

進了鬼屋，不，應該是翁婆婆的家以後，我們坐在地板上頭，每個人的手裡都有一顆番石榴，傻愣愣地看著翁婆婆不知道拿著什麼東西摸來摸去。我發誓我從來沒想過有一天會進到鬼屋裡頭來，所以雷旺那句「我們要來探險」著實讓我以為我們會被翁婆婆拿著掃帚轟出這個山頭。

但是並沒有。

翁婆婆點點頭，門又「喀」的一聲打開。然後我們進去，從翁婆婆的手中遞過來一顆番石榴。每個人都有。

「我在做加工，亂了點亂了點⋯⋯」

翁婆婆摸著一顆一顆白白圓圓的東西，然後瞇著眼睛拿著一個小小的印章，在那圓圓的東西上面蓋上，然後放下，接著拿起另外一個，蓋上，放下。

「來探險的不是？」翁婆婆說。

「對。」

只有雷旺敢回答，我確定我的心臟差不多快跳到月球去

了，其他三個人狀況應該不會比我好到哪裡。尤其是噴子德。

「去吧！」

翁婆婆說完，我們面面相覷。

「去……去哪裡？」噴子德說。

「去探險啊！」

昏黃的檯燈底下，翁婆婆抬起臉看著我們，手裡的動作停了下來。

「我在這裡藏了寶藏。」翁婆婆說，「很珍貴的寶藏。」

那個時候的我總以為翁婆婆的鬼屋裡頭藏著整整一櫃子二次大戰時代留下的日軍寶藏，或者是幾箱珍珠瑪瑙鑽石，甚至是像鐵達尼號裡面那個海洋之星。但是稀世珍寶總像回憶裡頭的鐵達尼號一樣，撞到冰山之前昂首闊步，跌倒了以後，才知道最珍貴的不是鐵達尼號，而是鐵達尼號啟程到消失這一段時間的過程。

我跟噴子德注意了好久，始終沒發現翁婆婆的鬼屋裡頭有什麼地方可以放置寶藏，沒有保險箱，沒有惹人疑猜的詭異房間。最後翁婆婆只把寶藏告訴樂子和文靜，我跟雷旺還有噴子德氣得牙癢癢的。

「文靜，偷偷告訴我寶藏是什麼？」雷旺巴著文靜說。

「對呀，藏在哪裡藏在哪裡？」噴子德說，「我保證找到會分妳一半。」

樂子在一旁要笑不笑，我覺得事情有點不大對勁。感覺就像是有人打電玩已經破關，卻不想說明大魔王的下落一樣。

後來不知道為什麼，我們都忘了這一回事，好像寶藏根本就不存在一樣。我們選擇了遺忘寶藏的存在，是不是因為我們就屬於寶藏的一部分？我不得而知。

如果不是那一天雨下得大，文靜出現在我的眼前，我想我永遠不會記起曾經有過這麼一段找尋寶藏的過去。我很想當面跟文靜道謝，因為健忘的我，總是容易遺漏「人生」這篇小說中的一些章節，而到目前為止，最精采的那一個章節，叫做「年少」。

那一天的雨大了，就像今天跟雷旺出門的時候一樣，天空是綠色的，遠方灰茫茫的一片。而那一天，健忘的我也忘了，當面跟文靜道謝。

「下雨天的蝴蝶。」翁婆婆說。

「啊？」我瞠目結舌。

鬼屋裡面的寶藏，是下雨天的蝴蝶？是一種瀕臨絕種的生物，還是一個藝術品？

「傻孩子，」翁婆婆說，「我這裡哪能得什麼寶藏來著？」

「可、可是這是妳說的啊！」

「對呀，這是寶藏啊，你們自己都不知道嗎？」

我似懂非懂，但不管怎麼問翁婆婆，她只是低著頭做加工。我看著翁婆婆的動作，只覺得自己像個傻子，什麼都不懂。

「你真的是傻子。」雷旺說。

「去你的花開富貴。」我簡單俐落的回應。

「算了吧，翁婆婆一定是亂說的。」

我倒不這麼認為。因為我問樂子的時候，樂子笑著對我說：「寶藏就是我們啊！」

我堅決否認我是個傻子，但是這個時候我真的糊塗了。我們就是寶藏？

翁婆婆說，鬼屋裡頭的寶藏是下雨天的蝴蝶，樂子說，我們就是鬼屋裡面的寶藏，所以我們等於下雨天的蝴蝶。這是什麼鬼道理？

「你覺得下雨天的蝴蝶代表什麼意思？」我問雷旺。

「嗯，亞美蝶。」雷旺說。

「什麼是亞美蝶？」

「笨蛋，就是色情片裡面日本女生常常會說的一句話。」

「什麼意思啊？」

「亞美蝶，嗯……」雷旺想了想，「文雅一點的說法，大概就是『請停止、請不要這樣』；通俗一點的說法，應該是『住手，再不住手我要叫了』，而下流一點的說法，嘿嘿嘿……」

「怎樣？」

「就是『你再靠過來，小心我把你小雞雞剪掉』的意思。」

果然在放屁。

補習班的教室裡面位置很小，跟高頭大馬的雷旺坐在一起已經很委屈了，現在還要忍耐他這種低級的言論，實在讓我很想回家。要不是因為樂子也在這間補習班補習，雷旺那傢伙才不可能會這麼勤奮地參加這種好學生才會來的課後輔導。

可惜天不從人願，樂子上課的教室跟我們不同一間，而且我們的下課時間也不一樣，雷旺想在補習班遇到樂子，簡直比噴子德考一百分還要難。

不知道是什麼原因，我還挺想在下課時間遇到樂子。總覺得欣賞美好的事物，是一件很棒的事。欣賞美女當然也是如此。

也就是說，如果我們都是下雨天的蝴蝶，那麼樂子大概是當中最耀眼的，而我們不過是環繞在樂子身邊不停拍打自己脆弱翅膀，希望可以拍出一點火花。

但是這丁點火花，想必不能燎原。

我破碎的記憶中，最後一次提到下雨天的蝴蝶，應該是在補習班放課後。那是一個下雨天，我在公車站牌前面碰見了奔跑著趕路回家的卜文靜。記憶中我叫住了她，但記憶卻沒告訴我為什麼要叫住她。

或許是看到雨中奔跑的文靜，很像下雨天飛翔的蝴蝶吧。不過下雨天奔跑這回事其實是很奇怪的，看過一個有趣的研究，下雨天時，慢慢走反而不會被雨溼透，越是急速奔跑，身體就會越溼。

這樣像不像越想逃避，問題越沒辦法解決反而有可能越弄越糟？想到這裡我笑了笑，我可能真的是個傻子。

「文靜。」

當時我的聲音並不大，也許我也沒打算真的要叫住她。畢竟當時雨正滂沱著。

「謝晉溢！」文靜停下腳步側著頭，「你還沒回家？」

「等公車呢。」我說。

「是嗎？我總覺得這個站牌的人好多，所以我習慣去上一站等。」

「這樣啊……」我看著手裡的傘，「那我跟妳一起去好了。」

也許是因為有點尷尬，走往前一站的路上，我們沒說什麼。只記得我濕了左半邊的身子，文靜濕了右半邊。

「你看，我右邊的翅膀濕了。」等待公車的時候，文靜說著。

「那我左邊的翅膀濕了。」翅膀……

「怎麼？」

文靜看出我出神的樣子。

我左半邊的翅膀，文靜右半邊的翅膀。誰才是下雨天的蝴蝶？我把疑問丟給文靜，她卻反丟一個問題給我。

「如果你下雨天看到蝴蝶，會有什麼感覺？」

「嗯……沒有什麼感覺。」

「呵呵，你再想想。」

「嗯……大概會趁這個好機會把牠抓起來。」

「你好殘忍喔，怎麼可以欺侮小昆蟲？」

我不好意思的抓抓頭。

「你太理性了，我就不會這麼想。」文靜說。

「我太理性？」

「嗯啊，」文靜說，「像我就會覺得，那隻蝴蝶一定在等牠的同伴，然後一起去他們的祕密基地避雨。」

「會不會只是牠喜歡淋雨啊？」

「這樣就不美了啦。」文靜說，「他們一定在等待對方，然後到一個地方去。」

「嗯？」我把雨傘換到另外一隻手，有點痠。

「就像，就像我們都　起到翁婆婆的鬼屋一樣啊！」

所以下雨天的時候，我們應該約一約，然後一起到翁婆婆那裡去。是這樣嗎？文靜只是癟癟嘴，然後公車來了，我們上車，一路站到總站，然後各自轉車。

下車前，文靜丟了一句話給我。

「學音樂的男生應該要感性一點，你太理性了。」

我不確定我是不是搞懂了「下雨天的蝴蝶」代表什麼，只覺得越想頭越痛，也搞不懂為什麼我是一個理性的人，文靜卻是一個感性的人。如果是這樣，那雷旺應該就是「沒人性」的人吧！

我找尋寶藏的故事寫下結局，但這結局卻讓我看不懂。可惜這不是小說，我沒辦法往前翻個幾頁，重新思考重新閱讀。很多年以後，卜文靜喚醒我這段記憶。

但是我只覺得自己的記性太差，總沒辦法在第一時間記起重要的事。只不過很多事情，忘記了也許比放在心裡好很多。

尤其是不應該想起來的事。

我把文靜說的話告訴樂子，樂子只是聳聳肩，不置可否。

我想樂子大概也不懂，為什麼學音樂的人就應該感性。畢竟在我精準的觀察之中，樂子不算是一個感性的人。至少印象中感性的人不會拿打火機放在我的椅子下面燒我的屁股。

「妳在幹嘛，很燙耶。」中午吃飯時間，我在教室被樂子燒破褲子。

「沒幹嘛。」樂子斜眼看我。

「喂，我的褲子被妳燒破了。」

「然後呢？」

「妳哪裡來的打火機？」

「我在家裡拿的。」

「喔。」

我回過頭繼續扒我的便當。燒破褲子對我來說不是一件重要的事，因為是樂子做的。大概吧。

「小晉。」樂子叫我。

「怎樣？」我回過頭。

「你昨天跟文靜一起回家？」

「沒有哇，只是跟她一起等公車。」

「這樣啊……」

「怎麼？」

「沒有。」

樂子喝著飲料，手撐著下巴看著窗外。天空是藍色的，看不出來前晚一場雨的痕跡。

「妳幹嘛不吃飯？」我疑惑地看著樂子。

「我在減肥。」

「喏！這個蒸蛋給妳吃。」

「不行啦，我要減肥。」

「吃飽了才有力氣減肥啦！」

說完，我跟樂子都不由自主地笑了起來。

樂子一點都不胖，只是不知道為什麼女生都把減肥當作一輩子的事業在經營，彷彿這是一件神聖的事情，就像跟上帝禱告一樣。

雖然我覺得奇怪，因為樂子甚至算相當纖細。好幾次我很想勸她不要減肥，因為我總覺得她好像都減到胸部去了。

「神啊，我有罪，請您寬恕我。」樂子一邊吃著蒸蛋一邊說著。

「有這麼嚴重？」

「都是這個人害的，都是他強迫我的，您有什麼事就懲罰他吧。他叫做謝晉溢，生日是五月八號，學號是……」

「喂！」

忘記了。

我自己從來沒辦法記住自己的學號是多少，但是樂子總可以輕鬆地背出我的學號，地址，家裡電話。

我的記性太差，能夠被我留在腦海裡的多半是一些奇奇怪怪的事情，像樂子總是說自己有一天會「飛上枝頭變鳳凰」。我記得她這麼說的時候，我覺得她飛上枝頭會比較像蛋黃。

記性不好有什麼好處？

　　我想大概沒有，什麼都記不住總會感覺自己很像傻蛋。我一直在思考著，我的記性這麼差，以後會不會找不到工作。例如譜背不起來，電腦忘了怎麼開機，或者嚴重點連公司在哪裡都忘記。

　　然而有些記憶是需要忘記的。例如難過的，或者是想念什麼的。

　　奇怪的是，記性再怎麼差勁，總也有忘不掉的的東西。好像拿著一個有破洞的瓢子，不斷往前走，水也不斷地漏。到了終點以為所有的水都漏光了，卻發現不知不覺下起了大雨，瓢子裡面始終積滿了水。

　　而沿路上，竟然看不見水留下的足跡。

　　也許都因為不巧的一場大雨。這很可惜，但是人生少有晴空萬里。而且雨往往會在最不適當的時機傾盆。

　　就像雷旺跟樂子第一次約會一樣。

　　說是他們第一次約會，其實不然。因為「陪約」的還有我。這是樂子堅持的。那天下著雨，樂子的表情很明顯地責怪雷旺在這種下雨天約她出來看電影，而我杵在他們之間也顯得相當奇怪。所以，我找了卜文靜。

　　那天看的電影名稱我早就忘了，這是理所當然的。記得電影院裡頭，坐在最左邊的是文靜，再來是我；我的右手邊是樂子，最右邊的是雷旺。

　　對整場電影唯一的印象，是演到其中一幕一個女孩子被很多男孩子凌辱，我偷偷地往左邊看，文靜瞇著眼睛，又或者是

閉著眼睛。總之可以感覺到她不是很喜歡這一幕，當然，這並不代表我很喜歡這一幕。

否則我不會往旁邊看避開這一幕。我沒有往右手邊看過去。那個時候，我的右手被緊緊地捏著，握著。幾乎讓我的手指頭爆炸般的疼痛。

這種疼痛讓我有跟樂子緊緊靠在一起的感覺。不過我沒有跟樂子說。電影散場後，雷旺不停地跟我眨眼睛，好像他的顏面神經抽筋一樣。當然我是一個上道的人，再加上我已經跟他預約了我未來一周的早餐。所謂「吃人的嘴軟，拿人的手短」，雖然我的手不短，但是我還是願意幫他這一點小忙。

「嗯……我該回去了。」我說。

「幹嘛這麼早回去？」樂子問我。

「因為……」我急中生智，「因為我要回家砍柴生火煮飯給我奶奶吃。」

「啊？」三個人同時看著我。

「什麼年代了還砍柴煮飯？」樂子說。

「不是啦，反正我要回家煮飯給我奶奶吃。」

「嗯哼。」樂子悶哼一聲。

「那我先走囉。」我看著卜文靜，「文靜說要陪我回家。」

「我？」文靜瞪大眼睛。

「哪有女生陪男生回家的？」樂子盯著我看。

「我、我，我先陪她去坐車，然後我再回家。」我看著文靜，「對吧？」

「嗯……對。」

我跟文靜離開之前,樂子的表情一直很乾。雖然正下著雨。

雷旺感激的眼神牢牢印在我的心裡,我知道我的早餐是保險了。所以也不管樂子有多麼討厭跟雷旺獨處,也撇開文靜有多麼不甘願。

「你會煮飯喔?」文靜問我。

「啊?」

我跟文靜的手上都有傘,我們的翅膀都不會濕。

「你剛剛說你要回家砍柴生火煮飯……」

「喔!那是我亂說的。」

「這樣啊……」

「那現在……」我歉然地看著文靜。

「你急著回家不是嗎?」

「也沒有啦,」我看看手錶,「現在回家不入妙。」

「為什麼?」

「因為我到圖書館看書,照常理判斷是不會這麼早回家才對……」

「喔……你騙家裡的人!」

「這叫做善意的謊言啦。」

「那我們現在怎麼辦?」文靜問我。

「我也不清楚。」

我們收了傘,走進騎樓。下意識的看看自己的肩膀,想確

認翅膀到底有沒有被雨淋濕。當然，我沒有翅膀，所以這一個動作讓我忍不住想嘲笑自己。

「你在笑什麼？」文靜問我。

「我？」我不好意思地說，「我剛剛在看我的翅膀濕了沒有。」

「呵呵，那濕了嗎？」文靜瞇著眼睛笑著。

「沒有。」我又看看肩膀。「我沒有翅膀。」

當然沒有啊，文靜。因為我跟妳不一樣，我沒有妳的翅膀，所以我總是沒辦法飛到那個妳看得到的世界去。

「為什麼你沒有翅膀？你上次有的啊！」文靜說。

「那是我瞎掰的。」

「你一定有，不要騙我。」文靜翹著一邊的眉毛。

「我真的沒有啊。」我再次看看自己的肩膀確認。

「這樣就不美了啦，笨蛋。」

我多麼希望我也有跟文靜一樣的翅膀，我才可以體會那麼多的感覺。那雙翅膀可以帶我回去很多回憶的地方，可惜我真的沒有。於是，我只能被迫選擇遺忘。

「那我們現在？要繼續討論翅膀的問題，還是找個地方……」我試著轉移話題。

「都可以啊！」

「啊！乾脆我們找噴子德出來好了，他現在應該在家裡。」

我往前走，前面便利商店門口有一個公共電話，我拿出皮夾準備找我的電話卡。

　　我想如果給噴子德知道我這麼有心找他出來，他一定會很感激我，那麼或許我下下禮拜的早餐又沒問題了。

　　「喂！」文靜叫住我。

　　「嗯？」

　　我正用著滑稽的動作，雙腳夾著我的雨傘，皮夾抵在下巴跟胸部之間，手裡拿著電話卡，還半側著臉回頭看著文靜。

　　「借我半個小時，半個小時就好。」

　　下著雨，我拿著破洞的水瓢。

　　我似乎看見了這一路上漏下的水的痕跡。

第
2
樂
章

如果有一句話可以改變人的一生，
那麼我相信說出這句話的人，
一定不曉得自己有這麼囂張的能力。
只是我聽懂了其中的一部分，
卻聽不出另外的部分。
所以我看不見我的翅膀，
我也折了別人的翅膀。

　　我試著甩乾因為下雨而溼透的鞋襪，然而溼滑的地板卻讓做這個動作的我差點滑倒。雷旺面無表情地看著我的動作，用手指了指一旁的簍子。意思要我把更換的衣物丟進去。

　　「不了，」我說，「我要回部隊了。」

　　「這麼快？」

　　「算慢的了，現在是老鳥了，稍微晚一點點無妨。」

　　我褪下該換洗的衣服褲子，拿了一個紅白條紋塑膠袋裝好。抬頭看了看雷旺，他正拿抹布擦著到處都是水腳印的地板。這些腳印是我和雷旺踩出來的，畢竟外頭的傾盆大雨讓我跟他的腳都無法倖免。看著看著，我出了神。這一路的腳印很明顯，卻又好像無法分辨。哪一個濕腳印是我的，哪一個是雷旺的？

　　「感覺很帥氣的腳印是我的，感覺很愚蠢的就是你的。」雷旺回答。

　　「我是大智若愚。」我把左腳的臭襪子丟到雷旺跟前。

　　雷爸的打呼聲從右手邊的房間傳過來，聽起來很像山豬在叫的聲音。桌上留了一張紙條，短短一句話幾個字，醜得不像話。

　　「喂！這幾個字是雷爸寫的？」我拿起紙條。

　　「難道這間屋子裡有第四個人嗎？」

　　我打了一個冷顫。

　　「你不要亂說話，嚇死人。」

　　「我爸一定要我們準備吃的給他對吧！」

「嗯……」我仔細判讀了一下,「應該是。」

「那還不快去。」

「我?」我指著自己的鼻子。

「沒錯。」

「爲何是我?」

「這是上天安排的。」我把剩下右腳的那隻臭襪子丟到他的眼前。

「不然你來擦地板!」雷旺把襪子丟回來。

「你真是賤種!」

我穿上雷旺的拖鞋,拿著傘往外走。距離我收假大約還有五個小時,我在雨中幹盡人世間所有的傻事。風小了,雨的天空灰茫茫,看起來跟那天很像。

「要活著回來啊!」雷望從窗戶探出頭大喊。

「廢話,我只是去買東西,又不是上戰場!」我回過頭大喊。

「半個小時回來!」雷旺說,一邊參雜著淅瀝瀝的雨聲,「我肚子很餓。」

半個小時,半個小時就好。我看了看手錶,半個小時的時間絕對很充裕。如果是買東西吃的話。但是有時候半個小時是不夠的,例如考試前看書只有半個小時一定會死得很慘;一天只睡半個小時一個禮拜以後一定會變成遊魂。半個小時不是很夠,尤其是,讓我確定自己的感覺。

走進雷旺家附近的麵攤前,我收了傘,看著難得在颱風天

還營業的老闆娘,給了她一個讚許的笑容。或許她看著傻笑的我,只覺得我很瘋狂也不一定。刮風下雨還出門買麵。

但是老闆娘不也一樣,刮風下雨還開店營業。我看了看四周,確定只有我一個客人以後,鬆了一口氣,也不知道為什麼。把傘往旁邊一靠,我不經意地回過頭看著自己的肩膀。我,果然沒有翅膀。這點我不需要花半個小時的時間確認。

「兩碗牛肉麵,一碗榨菜肉絲麵,帶走。」我甩著腳上的雨水。

「馬上來。」老闆娘熟練地開火,抓麵。

「不必半個小時吧?」

「什麼?」老闆娘用奇怪的表情看著我,「當然不必。」

我笑了笑。當然不必半個小時,我也是這麼跟卜文靜說的。那一天的雨,會讓人長出翅膀。就好像小時候看的童話故事一樣。

關於那個童話故事,我的記性唯一可以拼湊出來的部分,只有大晴天,被懲罰的天使,掉到地上,乞丐偷親了天使一下,突然下雨,天使長出翅膀回天堂,乞丐在哭,天使拔掉翅膀,乞丐笑了,然後乞丐變成王子。

用這種方式解說一個故事,我想大概沒有人知道我在說什麼。看來我是沒有當作家的天份。總之,那一天我也是這麼跟文靜說這個童話故事。在書店,借給文靜的半個小時。

「我、我聽不大懂這個故事。」文靜說。

「嗯……」我不好意思的抓抓頭,「總之就是一個很美好的

結局。」

「是嗎？」文靜嘟著嘴，「那跟這本書有什麼關係？」

她手裡拿的是《令人顫慄的格林童話》。應該是一本童話故事。

「總之它們都是童話故事。」我說，順便得意地笑了笑。

「喔，你好厲害喔，很會說故事。」

我很會說故事？卜文靜肯定是傻了。

「說到天使……」文靜手拿著　本藍色封面，畫著一個很幼稚的天使的書，

「你看過這本書嗎？」

「什麼書？」我把頭靠過去瞧了瞧，「《第一次的親密接觸》？」

「嗯。」

「色情漫畫嗎？」

我發覺整間書店的人都在看我，不是因為我的問題，而是文靜拿書重重打在我頭上的聲響引起大家的注意。

「啊唷！」我摸摸頭。

「你笨蛋！」文靜的臉著火，燒得紅撲撲的。

「我……」

文靜告訴我，這是一本很好看的小說，又好笑又感人。可惜我不喜歡看太多字的東西，所以幾乎不看小說。加上這本小說的名字又很猥褻，我害怕被人家看到，以為我在幹什麼害羞的事。

　　「我看完借你！」文靜在櫃檯結帳的時候對我說，我只是象徵性的點點頭。

　　低頭看看手錶，早已經超過半個小時。走出書店，雨小了，小到不需要撐傘也不會淋濕的毛毛細雨。

　　「你要回家了？」文靜看著手錶問我。

　　「嗯，都可以。」我把雨傘甩了甩，收進背包裡。

　　「那……不找申強德出來了嗎？」

　　「不必了，反正這麼晚找他也沒有早餐。」

　　「你說什麼早餐？」

　　「噢，沒什麼沒什麼。」

　　我相信我應該與噴子德的早餐無緣了。

　　「那……現在呢？」文靜問我。

　　「這樣好了，妳送我去坐車。」

　　「我送你去坐車？」文靜嘟著嘴，「哪有這樣的！」

　　「可是上次我送妳坐車，這次應該……」

　　「沒有女生陪男生等車的啦。」

　　「為什麼，這樣很不公平。」

　　「因為很公平的話，就不美了。」

　　「其實我覺得挺美的……」我嘀咕著。

　　「你在說什麼？」文靜看著我。

　　「沒，我說我送妳去坐車。」

　　當時我覺得這半個小時真長，長得足夠我長出翅膀外加兩條尾巴。我陪著文靜往公車站牌的方向走，因為我不大清楚文

靜等車的站牌在哪個方向，所以我總是在文靜身後，大約兩步的距離跟著她。

平均每走十步，文靜會回頭一次，然後我會對她笑一下。一直到第三十幾次的時候，我終於忍耐不住：「妳幹嘛一直回頭啊？」

文靜瞪大了眼睛，然後猛搖著腦袋。像這個樣子走一走，她回頭，我傻笑，不知道重複了幾次，文靜突然停下腳步。我一個不注意，差點溫香暖玉撞滿懷。

「到、到了？」我趕緊退後。

「對。」

文靜拿起剛剛買的書翻了翻，我無聊地在旁邊算起路過行人有幾個是落湯雞。

「我看完借你。」文靜說。

我趕緊回過頭來：「喔，好。」

猶豫了一下，我終究無法戰勝好奇心的驅使。我想我上輩子的生肖應該是屬貓，而我的仇人就叫做「好奇心」。因為「好奇心殺死一隻貓」。

想到這裡，我甚至還沒開口問卜文靜，自己就先笑了起來。

「你笑什麼？」

「喔，沒什麼。」

我總不能跟她說，我的十二生肖屬貓，而且我的星座是笨貓座吧！看著文靜皺著眉頭，一副不滿意，我只好忍住不笑。

「我是想問妳，剛剛幹嘛一直回頭。」

「然後呢？」

「然後我就問妳了。」

「喔。」文靜點點頭，繼續翻著那本藍色小天使的書。

「就這樣？」我問。

「嗯啊，不然呢？」文靜看著我。

「妳不替我解答嗎？」

「解答什麼？」

「我剛剛問妳的問題啊！」

「喔。」

文靜繼續的翻著書，所以我得到一個結論——她在裝傻。

「說嘛。」我用手肘推了她一下。

「不要。」

「說啦！」我低頭看著她的臉。

「不要。」

我正思索該用什麼方式對她逼供的時候，公車卻選在這個時候出現。

「我要上車囉！」文靜把書收進袋子裡。

「嗯，再見。」

看著排隊上車的文靜，我發現我的頭上有一點一點的東西掉下來。

「你的問題，我有機會在回答你。」文靜回頭對我揮揮手。

「再見。」

　　當下我一點也不在乎剛剛問題的解答是什麼。因為我只知道，一個人如果倒楣，會在準備回家的時候，下起大雨。就像現在一樣。雖然我的記性不好，但是那天我卻印象深刻。因為大雨持續到我等公車的時候，一直到我下了車，走到家門口。

　　雨停了。真是它奶奶的熊。

　　隔天我沒有領到雷旺的愛心早餐，即使我下課到他面前伸手。我的手晃了晃，男人之間的約定是很重要的。

　　「嗯⋯⋯你的生命線不是很長，要注意。」雷旺端詳著我的手。

　　「不是吧！」我把手收回來，想判斷出哪一條是生命線。

　　「遇到我算你走運，你現在只需要趕快到廁所門口，大喊『我是大色魔』七次，大概在七七四十九天之內可以延長你的陽壽。」

　　「這個不叫做延年益壽，應該是自尋死路。」

　　「那你去導師辦公室，大喊『我要搶劫』，應該也會有用。」

　　「那你先給我臨終前的最後一餐。」

　　他手肘靠在走廊的邊牆上，看著操場上人來人往，還不時傳來幾聲籃球場上鬥牛的吆喝聲。雷旺低頭不語，表情有點哀戚。

　　「你⋯⋯」我正開口。

　　「不要再提了。」雷旺舉起手制止，「我不需要你的同情。」

　　雷旺抬頭看著我：「雖然昨天我無法跟小樂樂共結連理，但是我願意繼續努力。不要安慰我，國父革命也是十二次才成功，我還有進步的空間。」

　　「等一下，國父革命不是十一次成功嗎？」我疑惑。

　　「這不是重點啦！」他拍了一下我的頭，「你知道我的感情就好。」

　　我隨意地「喔」了一聲，不太懂前一天的約會跟國父革命有什麼關係。

　　「你剛剛要跟我說什麼？」雷旺問我。

　　「嗯？」

　　「你剛剛不是有話跟我說？」

　　「喔，我想跟你說牆上有鳥大便，你的手中招了。」

　　我在雷旺問候大上飛的小鳥家裡祖宗十八代的時候，漫步走回教室去。找很好奇雷吐樂子第一次的親密接觸有什麼進展，卻又不從雷旺口中聽到關於國父比歷史上多革命一次這種理論。

　　我很怕會聽到希特勒發現新大陸，貝多芬發明相對論。然而我卻找不到人可以詢問，王佳樂今天的座位是空著的。

　　上課的鐘聲緊接在下課鐘聲之後，每一次的鐘聲都讓我的好奇心在心裡擺蕩無數次。我的生肖是屬貓，我的星座是帥貓座，我的仇人是好奇心。也許這種好奇心是沒有來由的，就好像我覺得自己的星座是帥貓座一樣。我可以是天貓座，可以是黑貓座，但是我就想要是帥貓座。因為帥。

　　但是雷旺跟樂子的第一次親密接觸卻拉動了我心臟的神經，一條一條用力扯著。即使我不知道心臟有沒有神經。如果有，那一定很敏感，因為拉動的時候會有一陣陣的酸痛。

　　下課往補習班的路上，我再次試探性地詢問了雷旺。我得到的答案是「愛迪生發明了相對論，於是世界末日要到了」。第一次的親密接觸沒有答案，因為補習班遇到樂子的機會趨近於零。剛好補習班數學老師上到零就是無限大分之一，所以零也有無限大的可能。

　　他說，這一套定理很奇妙，就好像兩條平行線原則上不會相遇，但是在無限大遠的地方就會交會了。可是他上一堂課說直接無窮盡，怎麼又會在無窮遠的地方交會？我下課的時候問了那個叫做「高手」的數學老師，他摸著下巴饒富興味地看著我。

　　「你上課很認真。」他拍拍我的肩膀，「很好的問題。」

　　「然後呢？」

　　「理論終究是理論，實際不一定跟理論一樣。就好像平面無邊界，平面無限大，所以在我跟你中間放一個平面，我跟你就是不同世界的人嗎？」

　　「啊？」我張著嘴巴嚇傻了。

　　「我跟你還是同一個世界，因為這是理論，實際總有辦法去突破理論的局限。」

　　我終於知道為什麼這個數學老師叫做高手了。他好像回答了我的問題，實際上卻什麼也沒說，真是高手。

　　等公車的時候，我不斷思考著無限大無窮遠的問題，想得入神。如果在我跟數學老師之間放上一條線，那麼我跟他是不是永遠不會相遇？因為線是無限大，是不是這樣？

　　而我隨時可以抬起腳，跨越這一條線，所以實際總是可以突破理論？那為什麼這條線又要無窮遠的延續下去？想得一陣頭暈，好像眼前世界變成一片藍色，我懷疑自己是不是快要死掉，因為在一陣暈眩中，我彷彿看見了一個天使出現。

　　是、是要帶我到天國去了嗎？我回過神，發現卜文靜在我跟前拿著一本書晃啊晃。

　　「好險我還沒死。」我嘀咕著。

　　「你沒死？」

　　文靜瞪大了眼睛，旁邊一起等車的人朝我這裡看了一下，我不好意思地搖手。

　　「不是，沒什麼。」我用力眨了眼睛幾下。

　　「叫你都沒聽見呢。」文靜把藍色封面的書遞給我。

　　「我剛剛在想數學題目。」

　　「真是認真。」文靜眯著眼笑，「你果然適合讀數學，不適合學音樂。」

　　我接過那本藍色的書，是昨天那本《第一次的親密接觸》。

　　「為什麼我不適合學音樂？」我隨意翻了書。

　　「因為你太理性，太、理、性、了。」

　　我不知道該怎麼回應，於是低頭假裝翻書。

　　「你怎麼也到這一站等公車？」

「我？」我指著自己的鼻子。

原來我在思索平面直線無限大無窮遠的時候，不知不覺走到了前一站。自己都沒發覺。

「我想你是爲了拿這本書的吧？」文靜指了指我手裡的書。

「也不是。」

「那就是爲了跟我一起坐車囉？」

「算、算是吧。」

總覺得現在不好意思直接告訴她我只是無意間走到這一站。

「今天沒有下雨。」文靜看著天空。

「嗯。」可是該死的昨天我淋了一倉庫的雨。

「所以你的翅膀沒事吧。」

「嗯？」

「你昨天有淋到雨嗎？」

「昨天？一些些。」

「我昨天上了車開始下大雨，想你應該淋到雨吧。」

沒錯，連內褲都濕了。

「所以，我想你的翅膀應該濕透了，今天應該飛不起來。」她的表情很認眞。

「噢，就算它沒溼透，我還是飛不起來的。」

我隨便回她一下。或許我只是想推翻我不夠理性這個理論，所以我便順著話題繼續說下去。雖然我覺得這種對話很愚蠢，很幼稚。

「那妳的翅膀沒事吧？」

「嗯，沒多久之前復原了。」

「這麼好。」

「因為你啊。」

「跟我有什麼關係？」

「因為我的翅膀看到你的翅膀狀況更糟，所以就開心的復原了。」

「那妳的翅膀眞沒同情心。」

文靜笑了，我也是。

「妳今天有看到樂子嗎？」

「她今天請假，好像生病了。」

「這樣喔。」

「怎麼？」

「沒，想跟她說一下今天的回家作業。」

好奇心跟貓的決鬥，貓贏了。不是我的好奇心不夠強，而是我眞的沒辦法問出結果。公車來了，我跟文靜一起坐到總站。離開前她還特別叮囑我要看這本藍色小天使。我點點頭，跟她道別。

我盯著封面小天使的翅膀出神。如果天使的翅膀也是一個平面，那麼每個天使都在自己的世界飛翔，什麼時候才會相遇？無窮遠的那一端？越想頭越痛，我想我是中了數學老師的毒。世界上沒有天使，我也不會有翅膀的。雖然記性不好，但是我卻百分之百肯定那時候的我，並沒有看見自己肩膀上的翅

膀，甚至不相信我有翅膀。

　　我也肯定那時候的雷旺，不會知道自己會學口琴，也沒有發現他的口琴會讓我的翅膀折斷。我拿著破洞的瓢子，不斷往前走，水也不斷地漏。我試圖撈起那滴落的水，但是我不能。那時候坐在公車上的我，知道嗎？我忘了。但是我記得回到家的時候，撥了電話給樂子。

　　「妳今天沒來上課。」我拿著話筒。

　　「我知道。」

　　「今天有作業。」

　　「我知道。」

　　「妳今天沒去補習。」

　　「我知道。」

　　「妳越來越胖了。」

　　「才怪咧！」

　　我在電話這頭不禁失笑。

　　「原來妳還很清醒嘛。」

　　「當然啊！」

　　「我以為妳生了重病，腦筋都燒壞了。」

　　「你的腦袋才爆炸咧。」

　　樂子只是睡過頭，碰巧淋了點雨，索性賴在家裡不去上學了。

　　「昨天不好意思。」我說。

　　「沒關係。」

「那妳後來有去哪裡玩嗎？」貓被好奇心殺死了。

「沒有。」

「爲何？」

「因爲我不喜歡不會音樂的男生，不知道怎麼溝通。」

「可是雷旺⋯⋯」

「我昨天就是這麼跟他說，叫他死了這條心。」

「妳好狠。」

「過獎。」

「我不是在稱讚妳好嗎？」

「是喔。」

「爲什麼非得學音樂不可？」

電話那頭傳來樂子咳嗽的聲音，咳了好一會兒。

「妳還好吧！」

「還好。你剛剛問我什麼？」

「我說，爲什麼非要學音樂？」

如果一句話有一句話可以改變人的一生，那麼我相信說出這句話的人，一定不曉得自己有這麼囂張的能力。只是我聽懂了其中的一部分，卻聽不出另外的部分。

所以我看不見我的翅膀，我也折了別人的翅膀。但是我不會忘記這句話，即使我的記性很差，非常差。

「因爲啊，我喜歡的男生是學音樂的，一定是學音樂的。」

有的時候我會懷疑，我所認知的會不會都是我自己捏造出來的。就像樂子喜歡學音樂的男生，而我是學音樂的。有的時

候擦拭著自己的小喇叭的時候都會懷疑一下。但是我並不確定，畢竟我時常把現實跟夢境搞混。這也是記性差的缺點之一。

就像我一直認為樂子的胸部只有 A，但是一直到上了大學樂子才告訴我他的罩杯是 B。到底是 A 還是 B 並不重要，就算很重要我也不可以表現出來。我到現在還在懷疑，為什麼我會在夢中猜測樂子的罩杯，可惜無論我怎麼回想都沒有印象。

讀音樂班對我來說是一個意外，就像樂子的罩杯從 A 變成 B 一樣意外。只因為家裡認為音樂班是資優班，所以我應該學音樂考上音樂班。我一直很疑惑當初的我為何這麼聽話，就這樣跑去學音樂。但是更疑惑的，是為什麼我要選擇學小喇叭。

小喇叭是一個很難耍帥的樂器，吹奏的時候常會面紅耳赤，更不要說還要擺個帥氣的姿勢勾人的眼神什麼的。對我來說，音樂不過是一個手段與象徵，跟現實的我是分開的。所以我幾乎不會主動與人提及我是學音樂的，這個部分的我跟原本的我是不一樣的個體。

也許因為這樣，我始終跟音樂保持一段距離。文靜說的我不適合學音樂，就是因為這個緣故吧！不知道該慶幸自己學音樂，還是該感嘆。樂子喜歡男生學音樂，但文靜說我太理性，不適合音樂。

所以音樂對我來說也像是一個平面，我身在其中感覺到這個平面的無限大，卻又在另外一方面感覺到自己跟這平面無法相容。從那天開始，每次練習的時候我都特別賣力，想把小喇

叭吹破那麼用力。

　　這讓我不禁想起小時候看過的故事，一個英雄總會在出征的對著家鄉的方向吹起號角，因為他的戰爭是為了家鄉心愛的妻子，他爭戰的時候家鄉的愛人也正同時跟時間以及命運戰鬥。

　　記憶中這個故事是這樣的，我不擅長說故事，也不擅長回憶。我總想拼湊起這個故事的全貌，為了證明一些事。這個故事是感性的，故事裡頭的英雄是感性的。英雄的號角是感性的，家鄉的妻子是感性的。

　　但我無法證明我是感性的。畢竟我沒有號角，我只有喇叭。而且在戰場上對著夕陽吹喇叭⋯⋯嗯，不是很帥。即便如此，我還是在這個平面不斷地轉換姿勢，想找到一個最快速靠近樂子的方式。當我從自由式換成高級的蝶式途中，我發現雷旺在這個平面載浮載沉。

　　雷旺決定要學樂器的那一天，我在補習班跟前面的女同學道歉了很久。因為我不小心把珍珠奶茶噴到她的身上，最糟糕的是她的頭髮上還吊著一顆黑色的珍珠。

　　「你要學樂器？」我不敢置信。

　　「沒錯。」雷旺摸著下巴。

　　「學什麼？打鼓嗎？」

　　「我的臉看起來像是打鼓的嗎？」

　　「不像。」比較像打三角鐵或者是鈴鼓。

　　我沒有問雷旺原因，因為我再清楚不過。只是他這樣的決

定令我過度驚嚇，差點把珍珠奶茶喝到鼻孔裡。

「我決定要學吉他。」

「爲什麼？」

「因爲這樣比較比較像情歌王子。」

「吉他不好學。」我很認眞地回答他。

「那什麼比較好學？」雷旺用力搖了我一下。

「嗯……三角鐵。」我拿起珍珠奶茶喝了一口。

後來我第二次跟前面的女同學道歉，還好時代進步了，依照古時候的說法，我大概要娶她回家。雷旺剛剛拍了我後腦杓一下，我嘴裡的珍珠像彈弓裡頭的石子一樣噴出去。次她的頭髮上沒有吊著珍珠，但是我的吸管剛好插在她的耳朵上。

「對不起、對不起……」我拚命地跟她道歉。

「不會啊，我覺得吸管繼續插著也很不錯，有造型。」雷旺大笑。

那個女生哭得淅瀝嘩啦的，我則被補習班的導師叫去教室後面。

「下次不要玩珍珠奶茶，」導師說，「浪費。」

印象中那位女同學就再也沒有來上過課，也許是換了一班。我眞的很對不起那位同學，卻再找不到機會跟她道歉。

這件事很快地傳到了樂子的耳邊。我大概把來龍去脈跟她解釋了一下，原本以爲她會羞辱我一番，沒想到她只淡淡地回了我一句：「雷旺很適合吹嗩吶。」

想起嗩吶總會有一種新娘出嫁的感覺，雷旺在迎娶的隊伍

中吹奏著嗩吶，一邊拿彈弓偷偷射新郎。我忍不住笑了，樂子皺著眉頭看我，彷彿我是笨蛋一樣。

我把樂子的話告訴雷旺，雷旺握著拳頭，看著遠方咬著下嘴唇。那個模樣很像便祕了一個禮拜，等到想大號的時候卻臨時找不到廁所一樣。

「告訴我，哪裡可以學嗩吶？」雷旺皺著眉頭問我。

「我不知道，麥當勞吧。」

雷旺不是認真的想學嗩吶，我知道。學習樂器不是一件難事，但對於雷旺來說，難就難在他從來沒摸過樂器，無從下手。就像一個士兵從來沒摸過槍桿，想在短時間內上站場衝鋒陷陣，的確不大容易。

過了幾天在翁婆婆的鬼屋，我把雷旺想學樂器的的事告訴文靜。但我沒有告訴他原因。文靜說，雷旺的樣子不像會彈吉他的人。比較像廟口耍關刀的。而我，比較像廟口耍關刀那傢伙旁邊的小弟，讓原本想哈哈大笑的我，頓時烏雲密布。

我也不像是學音樂的，因為我太理性。文靜又重複了一次。

一邊等著樂子跟雷旺，我跟文靜在後山的小山坡上面聊天。當文靜說我像關刀小弟的時候，其實我還挺想把她踹到山坡下。

「書看了？」

沉默之後文靜問我。

「啊？」

「我借你的那本書呀！」

「喔，藍色小天使。」我抓抓頭，「最近比較忙……」

「真的嗎？」文靜手撐著下巴，「忙些什麼？」

「把珍珠奶茶吐到別人頭上。」

「什麼？」文靜睜大眼睛。

「喔，沒什麼、沒什麼。」

後來我還是把當天在補習班的事告訴了文靜，她只是抿抿嘴，沒有說話。

「我不是故意的。妳知道的，那個珍珠太圓滑，很容易脫離我的控制。」我說。

「其實吸管插在她的頭上也挺美的。」我繼續說。

突然一陣風吹過來，文靜的頭髮被吹亂了，很像雷爸煮的髮菜。我看著文靜撥頭髮，發覺其實她頭髮亂了反而比較好看。

「才怪咧。」文靜不相信我的說法。

「真的，覺得很飄逸，好像幽靈一樣。」我說。

「這算是稱讚喔？」

「對呀。」我點頭，「其實妳也挺像女鬼的。」

結果我被她踹下山坡。我一直覺得像女鬼沒有什麼不好的，倩女幽魂裡面的女鬼個個都長得漂亮，當然除了姥姥以外。

「那個女生是我同學。」文靜告訴我。

「真的嗎？」我很不好意思，「那真的對不起。」

「她哭了很久呢。」

「那我更加的不好意思。」

「你很壞。」

「我會補償她的。」

「怎麼補償？」

「還沒想到。」

文靜只是笑笑，並沒搭理我。我原先以為自己又要滾到山坡下。不知道為了什麼，樂子跟雷旺今天都沒到鬼屋。也許雷旺還在苦惱該到哪裡學嗩吶，而樂子可能正思考著怎麼把嗩吶塞進雷旺的鼻孔裡面。

太陽越來越大，紅紅的一塊大餅似的。我起身拍拍屁股，看著文靜。

「走了。」

「等一下，你看夕陽好美。」

「嗯，好大。」

「這樣就不美了啦，什麼好大。」

「可是真的很大啊！」

我抓抓頭。太陽明明就很大，搞不懂哪裡出了問題。

「看夕陽的時候，最適合哀傷。」文靜說。

「那看日出的時候，就適合狂歡。」我說。

「為什麼？」

「因為這樣比較美。」我點點頭。

「這樣才不是美呢。」文靜說。

　　夕陽的時候，適合獨自一人思念，遠方傳來一陣口琴聲，好像從夕陽那個方向傳過來，訴說著不知道誰的故事。

　　「爲什麼是口琴聲？」我很疑惑。

　　「因爲口琴的聲音最適合懷念。」

　　「那小喇叭呢？」我眞的很想知道。

　　「小喇叭……大概適合嚇跑身邊的妖魔鬼怪吧。」

　　我實在不能接受小喇叭的命運只能嚇跑妖魔鬼怪，但是我很膽小怕鬼，所以我看了看四周，很懊惱沒有隨身攜帶著我的小喇叭。

　　夕陽的時候適合獨自一人想念，那乾脆把想念的人帶在身邊一起看夕陽不就解決了？文靜一定又要說我不夠感性。如果換做樂子，不知道她會說什麼？

　　回到家以後，我的腦中充滿了夕陽西下，斷腸人在天涯的畫面。遠方傳來一陣口琴聲，我站在原本的地方，夕陽很大，很紅。

　　如果吹奏口琴的是雷旺呢？

　　我打電話給雷旺，連續打了兩三次都沒有人接。我想雷旺應該會很高興，印象中口琴也不算太難學。電話接通之後，雷旺氣喘吁吁。

　　「喂，我找雷旺。」

　　「說話。」

　　「我是小晉。」

　　「我知道。」

「你在幹嘛？」

「我……我在跟噴子德打架。」

「喔，你想學口琴嗎？」

我把今天文靜跟我說的話告訴雷旺，雷旺沉默不語。每次雷旺沉默的時候，我總覺得他的靈魂好像在某處吶喊一樣，雖然安靜，卻有很強的爆發力。

「很難嗎？」隔了好一會兒雷旺問我。

「應該不會吧。」

「悲傷的聲音啊……」

「嗯，應該不錯。」

「好，多謝，我知道了。」

「那你等一下要幹嘛？」

「等一下？嗯……繼續打啊。」

「你已經跟他打了一個下午了！」

夕陽很大、很紅，適合悲傷。我不懂悲傷的感覺，也不知道為什麼要懷念。有一天，我聽到了悲傷的聲音，我才想起，那一天我似乎忘了回頭確認，我的翅膀是不是折斷了。

而我的號角，好像永遠也不會響起。

第
3
樂章

我們手牽手，一個牽著一個，
好像小時候玩的火車遊戲一樣。
　在我抬頭往天空看的時候，
我好像知道樂子在看什麼了。
藍色的天空有南部夏天的味道。
　往遠一點的地方看，那裡——
　　　　　叫做未來。

　　我無法具體形容這種被抽乾了的感覺，好像時間不停地走著，我卻只能從時鐘傳來的滴答聲音中撿到一點碎片。

　　買完麵走回雷旺家，路上的雨沒有停止。我總好像看不到前面的路，也許是繼續往前走，回了部隊，又是日復一日。現在的生活沒有什麼好說的，固定時間起床，看著同樣的人，幾乎每天都要做的工作，五項檢查，上課，休息。

　　這樣的路，走著走著會讓智商降低。一邊走一邊把知識拋去，急得就像腦裡認知的一切是有毒的東西一樣。

　　好空虛。

　　但是我也不想怨天尤人什麼的，畢竟那麼多人跟我處在同一個環境。況且我壓根兒看不起那些只會鄙視現狀的人。也許是我的命中注定顛沛流離吧！從我下部隊抽籤之後，我就很懊惱自己的籤運一輩子沒好過。機率不大的外島，也會被我的黃金右手抽中。

　　接著移防，受訓，回部隊，再次受訓。我在本島外島流離，有的時候就像浮萍一樣。一下在這裡，一下在那裡。有時候我甚至早上起床睜開眼睛，都會忘記自己到底身處何方。上大學之前，我連離開家出遠門都不曾。

　　上大學之前離家最遠的一次，大概是最後一次模擬考結束的時候。距離考試還剩下幾個月，靠近夏天的焦躁讓我們渾身不舒服。總覺得熱氣騰騰的地板會把我蒸發了不留一點痕跡。

　　上大學之前，我們一直都像是仙杜瑞拉，不停不停睡著。等待著王子，也就是大學的到來。而連串的試驗，不過就是阻

礙王子親吻我們的絆腳石。如果上大學之前我們都像仙杜瑞拉一樣沉睡，那麼我一定有一個好夢。

很甜很甜的那一種。

印象中樂子曾經自己做蛋糕過，接連著失敗了很多次，總算成功了。我們手裡拿著蛋糕，在翁婆婆的鬼屋裡頭。翁婆婆笑著稱讚樂子的好手藝，卻不知道之前我跟雷旺還有噴子德吃過幾次像塗了顏料的橡皮擦這樣的東西。文靜總在一旁笑著，我想那是因為她並沒有吃過樂子之前的傑作。

成功的那一次，蛋糕好甜，好軟。大概就跟仙杜瑞拉的夢一樣。

「好吃嗎？」樂子瞇著眼睛問我。

「好吃！跟之前的比起來簡直……」我說。

「簡直差不多好吃啊！」雷旺接著說。

「對！真的很好吃。」噴子德附和著。

樂子滿意地笑。

過不了多久，雷旺開始把蛋糕抓在手裡，趁噴子德一個不注意，塞進他的衣服裡。噴子德一邊叫嚷著，一邊拿著叉子追殺雷旺。

「他們每次都是這樣，好愛鬧喔！」文靜收拾著他們兩個製造的混亂。

「我看他們兩個應該在交往了。」樂子摸著下巴，「錯不了。」

「等一下，」我揉揉眼睛，「我剛剛做了一個惡夢沒聽清

楚，妳再說一次！」

「我覺得他們兩個在交往了。」樂子重複看著文靜，「對不對？」

文靜笑著，不住的點頭。

「翁婆婆，考上大學我們可能沒辦法常來找妳了，好矛盾喔。」

文靜說完，我跟樂子都愣了一下。

「矛盾什麼呀？」翁婆婆笑著，拍拍文靜的手。

「又想趕快考完，又不想離開。」文靜說。

「那我們就考南部的學校就好啦！」我搔著頭。

如果不想離開，就可以不離開，那有多好。只是有的時候不想離開，命運的舵還是會把我們帶離原本的軌道。

「我想考北部的大學。」樂子說。

「為什麼？」我瞠目結舌。

「我也想考北部的大學。」雷旺說。

「你又沒有選擇的權利。」噴子德笑著。

「屁，我一定會考到北部的大學。」雷旺大吼，順便扁噴子德一下。我看了看文靜，不知道文靜的想法是什麼。

「你呢？」樂子問我。

「我？我也不知道，」我指了指雷旺，「不要跟他同間學校就好。」

「幹嘛這樣？跟我在一起很好啊！」雷旺瞪大眼睛。

「文靜妳呢？」噴子德看著文靜。

「我……能跟你們在一起就好了。」文靜說。

「那我們考上同一所學校吧！」雷旺拍了噴子德一下。

「等一下，你是你，我是我，誰跟你『我們』啊！」噴子德怒吼。

我們都笑了。鬼屋軍團裡頭不管少了誰，都會讓我們寂寞吧。翁婆婆笑著看著我們，鬼屋裡頭總是這樣暖洋洋的。夏天也不覺得悶熱，剛剛好的舒服讓我們誰也不想離開。

我很懷念這種感覺，不管我離開鬼屋有多遠。即使後來我脫隊了，落後了，我都相信眼前就是我熟悉的鬼屋，熟悉的翁婆婆的家。我害怕脫隊，害怕離開熟悉的環境。於是我很努力的跟上隊伍，一直到我發現，我的隊伍裡面，竟然沒有同伴。

而第一個脫隊的，是噴子德。

畢業前的最後一次模擬考，我們都無心準備。也許有點彈性疲乏，又或者原本早死早超生的想法因為即將要分離而有了一點裂縫。從來只想到考上大學，卻沒想過也許會離開這裡。離開熟悉的朋友，離開家。

樂子建議去一趟海邊，可惜西子灣的海浪已經提不起我們的興趣。文靜想去北部的海看一看，因為我們南部的孩子，沒見過北部的海。

那天我們清晨天還沒亮就出發，因為如此我還被家裡罵得狗血淋頭。五個高中生坐著客運，連海邊的方向在哪都不知道，就這樣去看海。只知道往北，往北就可以看到北部的海。

最後是用什麼辦法到海邊，我早已不記得。只知道我們都

很興奮，這是我們第一次到淡水，第一次看北部的海。北部的海到底有什麼特別的呢？我時常這樣懷疑。樂子提議的時候，我也是這麼想著。

我總不斷地懷疑別人告訴我的一切，就好像數學老師告訴我，兩個平面交會的角度越大，就越遠離。爲什麼？兩個平面的角度越大，不就代表他們逐漸趨近於一個平面？這樣子慢慢地會變成同一個平面，應該越靠近才對的。

這個性在文靜眼裡叫做「太過理性」，在樂子眼裡叫做「胡思亂想」，雷旺一定會說我「歪理一堆」。

而翁婆婆告訴我，跟人交往不能先懷疑人，不然這樣跟誰都沒辦法溝通。至於噴子德，大概會看著我搖頭，然後拿彈弓塞進我的嘴巴。

我總把時間浪費在懷疑上，卻忘了求證的路上，我也許會遺落太多東西。或者眞的是我太理性了，所以總飛不過懷疑這條路。也許因爲，我始終看不見我的翅膀吧。

沙崙海邊的風很大，風吹來的時候我總以爲自己在飛。噴子德不忘帶著他的彈弓，一有機會就往雷旺的頭發射。雷旺當然不甘示弱，一轉眼噴子德就躺在沙灘上求饒。樂子很開心地拉著文靜一下往海水跑去，遇到浪打過來又趕緊跑回沙灘。

傍晚左右天還沒暗透，我卻在旁邊點起了仙女棒，快要燒完的時候會「不小心」靠近雷旺的屁股。所以回家之前，雷旺的褲子破了一個洞。我的褲子也是。差別在雷旺褲子的洞是仙女棒燒出來的，我褲子的洞是被雷旺抓破的。

「小說看完了嗎？」

坐下來休息的時候，文靜問我。

「什麼小說？」我嚇了一跳，「妳說藍色小天使？」

「對呀。」她點點頭。

「看了，看了。」我看了封面。

「好看對吧！」

「好看，當然好看。」

「有什麼感想？」

「嗯，我覺得主角的絕招可以再精采一點，不要每次都只會用武器。」

想了想之後，我回答她。

「這樣啊……」文靜嘟著嘴看著我。

「嗯……女主角的法術也不錯，很有創意。」我得意地說著。

「喔……」文靜點點頭，「等你看完之後再還我好了。」

「啊？」

文靜走向樂子，回頭笑了笑：「那本書是愛情小說，知道嗎？」我嚇傻了眼，這個笑話挺不好笑的，因為鬧出笑話的人是我。千不該萬不該，怎麼會說得這麼離譜。

黃昏，路燈還沒睡醒之前，我們準備動身回家。雷旺鬼鬼祟祟的，我一時忍不住，從後頭大叫了一聲。

「你要死了喔，我的心臟差點飛到噴子德嘴裡。」雷旺說。

「你在幹嘛？」我好奇地問。

「裝星砂。」

「星砂是什麼鬼？」

把心裡想說的話跟著沙子裝進瓶子裡，遇到喜歡的人就送給她，可以許下一個心願。

「等一下，我剛剛好像被鬼附身，沒聽清楚，再說一次。」

「我就說你磁場很差，小心喔，你印堂發黑。」雷旺回我。

「真的假的？」我看了看四周，「不是啦！你剛剛說的是真的？」

「對呀，你印堂發黑。」

「我是說，那個星砂什麼的。」

「喔，對啊。」

「你都幾歲了，真的相信這種東西？」我很狐疑。

「為何不信？」

「本來就很難相信啊。」

我並不相信流星可以許願，也不大相信有神明存在這件事。不過奇怪的是，我不相信有神，卻打從心裡怕鬼。也許因為我喜歡懷疑，卻又膽小吧！面對讓我懼怕的東西，恐懼跟逃避往往大於懷疑以及想反駁的動力。

「你要送給誰？」我問雷旺。

「噴子德啦。」雷旺站起身子。

「哇！你們真的在交往了喔！」

「你還跟他結婚咧！怎麼可能！」

「那你要送給誰？」

「樂子吧。」

樂子吧。我想也是。

那一天雷旺似乎沒有把裝了沙子的瓶子給樂子，我的印象若沒錯。回家的路上，大夥都累了，好像只有我一個人清醒著。

「眾人皆醉我獨醒」大概就是這樣。

一邊想我竟然覺得自己很感性。未來我不是一個偉大的音樂家，應該也會是偉大的作家吧！雖然我不會說故事。一路搖搖晃晃著，我從北部回熟悉的南部。那本藍色小天使一直被我遺忘在書架上，從那天之後。

越接近考試，越沒有時間胡思亂想。我卻忍不住想著，如果我的瓶子也裝了星砂，我會把它送給誰？而瓶子裡頭，裝的又是什麼？

胡思亂想跟著時間併排前進，整齊劃一的腳步讓我喘不過氣。

「齊步，走！」我跟著隊伍一同走著。

如果我有翅膀就好了。我總這麼想。高中距離大學，好像也只有一條線的距離。這條線無限延伸，因為即使兩者只相差一秒，還是兩個不一樣的東西。高中生活永遠只是高中生活，跨過那條線就什麼都不一樣了。但是我們只需要一抬腳，就可以跨過這條線。除了噴子德之外。

音樂班跟體育班唯一類似的部分，就是我們都必須考術科。我跟樂子都沒參加術科的考試，於是就跟普通班的同學一

樣。我不想參加術科考試，因為我不打算繼續碰音樂。音樂對我來說只是一段過渡時期。

而樂子只是單純的懶惰，懶得千里迢迢的為了術科考試東奔西跑。我們同時走在這條線上，也許到達的終點有所不同，但是每天固定的複習，準備，練習考題，大概都不會改變。

考試前幾天，我不斷重複著這些動作，覺得自己幾乎要麻痺。好像跳著芭蕾舞的舞者，不斷重複地原地轉圈圈，一次又一次直到噁心想吐，感覺自己的身子不聽使喚為止。

而樂子卻輕易地把我從這個旋轉的動作中解救。那是考試前兩天，蟬聲吵得好像世界末日要到了一樣。我接到了樂子的電話。

「在看書？」

「嗯……我在踹書。」

「這麼不滿？」

「我比較憤世嫉俗一點。」

「要出來透透氣嗎？」

「現在？」

我第一次感覺到樂子離我很近，是在電影院。那一次樂子緊緊捏著我的手。這一次彷彿又更靠近她一點，雖然僅僅一點。

我換了衣服衝出家門，隨便拎了一個背包。我假裝漫不經心。距離考試剩下不多的時間，我的心亂糟糟。到了圖書館門口，遠遠看到樂子雙手環抱在胸前，微微仰著頭不知道在看著

什麼。我走到她的身旁，也情不自禁地跟著抬頭。

「好看嗎？」我好奇地問。

「還可以。」樂子偏著頭。

「看出了些什麼呢？」

「看到一個呆瓜跟著我不知道在看什麼。」

「那妳跟我看到的景色一樣。」

樂子捶了我一下。

「你怎麼可以罵我是呆瓜？」樂子問我。

「我沒說那呆瓜是妳啊！」

「那是誰？」

「是我。」我笑笑。

「沒錯，你猜對了，呵呵。」

我回著樂子的話，順便注意著經過我們身邊的路人。通常每個經過的男生都會先看樂子一眼，然後跟著抬頭。而女生經過的時候，會略過看我一眼這個步驟，但是往上看的動作是一致的。

我們都不知道自己在看什麼，但是很習慣的會跟著別人一起行動。也許是好奇，也許是期待。但我覺得，應該是我們都想融入同一個環境使然。

「猜對了有獎品嗎？」

我收回視線，看著眼前的樂子，距離很近。

「有，給你一個香吻，」樂子說，「用我的拳頭。」

我笑了笑：「徵召我出來就為了在這裡抬頭當呆瓜？」

「當然不是。」樂子說，「對了，準備的怎樣了？」

「妳說考試？」

「難不成是準備投胎？」

「有心無力，妳呢？」

「半放棄狀態。」

我們同時嘆了一口氣。我們就像不停被拉扯的橡皮，希望在斷裂之前可以做出最好的成績。

「我一直在想一個問題，嗯……」圖書館前的階梯上，樂子攏一攏裙子坐下。

「什麼問題？」我坐在樂子的旁邊。

「考上大學以後，好像就要面對全新的生活了。認識新的朋友，在新的環境，好像一切都不一樣了。」樂子把頭髮勾在耳後。

「是這樣沒錯。」

「但是我有點害怕。」

「嗯，我知道妳不擅長跟陌生人打交道。」

「你怎麼知道？」

「因為我認識妳已經……」我伸出三根手指頭，「三年了。」

「想到就覺得很可怕。」

「不要擔心，翁婆婆說，跟人交往之前不可以先懷疑。」

「我並不會懷疑，我只是害怕而已。」樂子說，「我討厭重新開始的感覺。」

　　我沉默了。我沒想過一切重新開始的感覺，我也沒想這麼多。也許會有點期待，也有點害怕吧。期待可以看到些什麼，就好像剛剛我跟樂子一起抬頭，就會有人跟著停下腳步一探究竟。

　　我們都希望跟整個環境融合，又期待著可以得到一些滿足。只是我們的好奇心背後，很多時候都只有失望等待著我們。

　　「你覺得上大學以後，我們還會這樣經常聯絡嗎？」樂子問我。

　　「我……不知道。」但是我希望。我的心裡這麼回答。

　　「我們以後會越來越老，生活會越來越遠，那個時候我們還會是朋友嗎？」

　　「嗯……」我沒想過這麼久以後的事。

　　「有一天我們都老了，我們還會這樣坐著聊天嗎？」

　　會的，樂子。如果可以的話，我希望跟妳坐著聊天，不管我們是不是已經老去。

　　「如果有一天，我們之中有人不在了，有人離開了……」

　　樂子說著說著，眼眶紅了起來。

　　「喂，妳想太多了啦。」

　　「你七十歲的時候，還會不會像現在這樣叫我？」樂子笑了。

　　「怎樣叫妳？」

　　「就是叫我樂子啊！」

「嗯……我應該會叫妳王奶奶吧。」

樂子白了我一眼。我希望我七十歲的時候，看到樂子還是像現在一樣。我看到噴子德，就會想拿彈弓射他屁股，看到雷旺就會想吐他口水。看到文靜，我……

「妳放心，」我對樂子說，「妳一定會比我早死，所以不必擔心。」

「你這是在安慰我對吧！」

「當然啊。」我笑，「不管誰先走，我們都在同一個隊伍裡。」

我們都在同一個隊伍裡，就在那裡。當妳想到我的時候，我就在那裡，不想走開，也不會走開。

「嗯，那我是班長。」樂子說。

「那我是連長。」我說。

「連長跟班長哪個比較大？」樂子問我。

「當、當然是班長啊！」

「那就好。」樂子開心地笑了。

「雷旺就當工友，申強德當僕人。」

「那文靜咧？」樂子問我。

「文靜……」我想了想，「妳說好了。」

「文靜當副班長。」

「好。」

我始終想不出來七十歲的時候，看到文靜會想到什麼。我只暫且先將這件事放在角落裡面不去思考。我相信有一天我會

知道。

「小晉，我們一起考北部的學校啦。」樂子勸誘我。

「也可以啦，但是又不保證可以上同一間學校。」

「但至少距離比較近。」

「喔，等考完再研究，現在說有點太早了。」

「那你先答應我呀！」

「答應妳什麼啊？」

「一起考北部的學校。」

「答應妳。」我說。「我答應妳。」

「好乖。」

「我想，如果可以的話，我們都一起考上北部的學校。」

妳、我，雷旺、噴子德，還有文靜。我們至少不會感覺到孤單，不會感覺到害怕擔心。

後來我問了雷旺，雷旺也是這樣回答我。他說，他也希望可以一起考到北部的學校。

「我不想離你們太遠。」雷旺說著，還不停地往我靠近。

「好、好，你的心意我懂，但是不要這麼靠近。」我說，「很噁心。」

「樂子也有問我過。」雷旺說。

「她也有問你？」我把雷旺的頭推開。

「對呀。」

「喔。」

「我回答她，嗯……」

「什麼？」我很好奇。

「我回答她，如果她變成老太婆，我還是會追求她。」

「她應該很感動。」

「我說，我一定會學會一個樂器，然後演奏給她聽。」

「她應該很開心。」

「她沒有回答我。」雷旺的眼神有點落寞。

「那你的口琴呢？學得怎樣了？」

「快了，快了。」雷旺說，「等我可以吹出快樂的聲音。」

我在快樂的口琴聲中拼湊著大學的夢，這個夢中我們五個都跟現在一樣。雷旺繼續對樂子死纏爛打，我只是遠遠地看著他們。偶爾回鬼屋拿彈弓打鳥，文靜會在一旁痴痴地笑，噴子德總是被雷旺壓倒在地。我們手牽手，一個牽著一個，好像小時候坑的火車遊戲一樣。

在我抬頭往天空看的時候，我好像知道樂子在看什麼了。藍色的天空有南部夏天的味道。往遠一點的地方看，那裡叫做未來。

我們一起走，天真地以為我們看的是同一個地方。我們很天真，不知道什麼時候才會長大。這一個天真的壽命短了些，持續到令人噁心的考試結束，我們快樂地去翁婆婆那裡慶祝。

一直到我們之中有人先脫隊。這個夢就醒了。沒想到，我們忽略了落榜這件事。而噴子德，脫隊了。

第
4
樂
章

我只是聽著，

陌生的旋律隨著雷旺手部的動作不斷瀉出來。

我試著……把旋律音符記起來，

但我總聽著聽著，

就忘記了該在心中默記它的節奏……

口琴聲是慢板，聽起來有點悲傷的味道。

雷旺的表情，卻讓我無法將聽到的聲音跟悲傷畫上等號。

　　回部隊的第一件事，就是整理好所有的內務。我把因爲雷旺而溼透的衣褲放到臉盆裡頭，莫名其妙地發呆著。這樣形容不是很恰當，衣褲不是因爲雷旺弄溼的。

　　應該說，因爲雷旺他老爸弄溼的。回想過去的二十四小時，我跟著雷旺幹了一堆蠢事。很愚蠢，也很爆笑。除了這個之外，我完全不想提到任何跟部隊有關的一切。這一切沉悶的連多提及一次都讓我感到無力。

　　軍中最好玩的絕對不是這些瑣碎的讓人討厭的東西，而是每天猜測著哪個人放假又跟女孩子混光，哪個傢伙回家以後發現自己的車子被小偷光顧，又有誰誰誰的女朋友跟人跑了。

　　跟我同梯的小柳總說，當兵的時候最有趣的就是看別人兵變。我覺得這樣很慘，一點都不有趣。

　　「你不懂，這個社會就是這樣，你到了封閉的世界，就沒辦法想像外面的世界有多麼繽紛。」小柳說。

　　「但是兵變不是必然的，我認爲。」我不以爲然。

　　「當你的競爭力降低，又怎麼能怪比你強的人搶走你的女人？」

　　小柳拍拍我的肩膀：「這是個弱肉強食的社會。」

　　也許這就是現實。愛情本來就不是實際存在的東西，兩個人在一起的感覺決定了一切。時間跟空間的差異都會讓感覺變淡。

　　「問世間情爲何物？下一句！」小柳問我。

　　「直教人生死相許。」我回答。

「錯！」小柳說，「問世間情為何物，不過是一物剋一物。」

「哪裡聽來的，好爛。」我聳聳肩。

「不能怪我啊，我們都跟不斷前進的社會脫離了。」

我們沒有脫離啊！我們一樣在同一個世界裡頭，只是殘酷的把我們跟其他人之間放上一條線，根據補習班數學老師的說法，這個平面無限大無窮遠。

而我們也沒辦法隨便跨一步就橫越這個平面。就好像停留在原地看著一樣。當別人往前走的時候，就好像我們正不斷地倒退一樣，雖然並沒有移動我們的腳步，但是卻也相對的沒有跟上。

當我清楚地確定自己脫隊的那個時候，我完全抓不到自己心裡的想法。不知道當時，噴子德心裡想著什麼。

那年的暑假，我們之間第一個脫隊的是噴子德。成績公布之後，還沒有選填志願。我們之中文靜的分數最高，應該可以上國立的大學。樂子分數也很接近，國立大學應該也沒問題。

我的分數不是很理想，加加減減大概只有私立大學，而雷旺考上了體育系，要準備術科的考試。

噴子德說，過了暑假他就要跟我們說再見，要去哪裡他也不知道。

「為什麼不重考？」雷旺問出了我們心中同樣的疑問。

「大概也考不上，而且我媽叫我工作。」噴子德玩著手上的彈弓，「也許會跟我叔叔出海捕魚吧。」

　　傻眼。我們本想說服噴子德重考，只是這樣終究無法改變現狀。翁婆婆說，每個人都有每個人不一樣的路，當大家的路不一樣的時候，我們應該要有滿滿的祝福。我們的心中都有一座橋，聯繫著彼此之間，只要這座橋存在，不必害怕分離。

　　原本大家都好好的，只是氣氛有點低迷；翁婆婆的話一說完，文靜就開始眼眶紅，樂子也低頭不說話。我跟雷旺面面相覷，不知道該怎麼辦才好。

　　翁婆婆拍著文靜的背，安慰著。不拍還好，這一下子文靜就這麼哽咽了起來，沒多久樂子也跟著哭了。

　　「等一下，現在是什麼情況？」噴子德搔著頭。

　　「哀悼噴公，於西元一九九九年……」雷旺接著說。

　　「你的大香菇啦，我還活得好好的！」噴子得大叫。

　　「現在感覺很像你的告別式，」我說，「我們請噴公跟大家說幾句話。」

　　「哇，掛掉的人還可以起來致詞，特屌喔！」雷旺大笑。

　　兩個女孩子的眼淚稍歇，抬起頭看著我們三隻猴子演戲。好不容易破涕為笑，氣氛才又軟化了點。

　　「幫幫忙，我只是沒考上大學，不要搞得像我怎麼了一樣。」噴子德說。

　　翁婆婆安撫了文靜跟樂子，雷旺則拿彈弓瞄準噴子德的屁股發射。

　　「那你接下來要幹什麼？」樂子問噴子德。

　　「接下來？嗯……」噴子德想了想，「劫富濟貧吧。」

　　大家一時忍俊不住，都笑了。翁婆婆罵噴子德不正經，但是眼裡都是關心。

　　「我還沒想到，確定了再跟你們說，」噴子德說，「小題大作啊你們。」

　　「哇，你也會說成語喔！」雷旺驚嘆。

　　「那當然，我可厲害了。」

　　「多說幾個成語來聽聽。」我說。

　　「嗯，三國演義。」噴子德表情驕傲的說。

　　雷旺一邊追打噴子德，我們在旁邊笑得肚子痛。等待榜單的這段時間，好像什麼都不會發生。

　　有時候想到這天的情況，還會不好意思，好像真的太小題大作了些。雷旺感覺最奇怪。平時最愛跟噴子德打鬧的他，一點反應都沒有，好像日子這樣一天一天過，他們就這樣一天一天鬧下去。

　　我的嘴裡不說，心裡總也不願意看到分離的場面。雷旺什麼都沒變，也沒感覺他特別捨不得。只是有的時候，他會在鬼屋旁邊沉默地看著天空。不發一語的雷旺，感覺總像在吶喊著什麼一樣。

　　放榜之前，噴子德背著行囊離開了台灣。最後的決定是到紐西蘭唸書，好遠好遠。台灣到紐西蘭的距離，不是北部到南部這麼簡單。我開始懷疑我們之間的橋，會不會不夠長，會不會沒辦法聯絡。

　　我又開始懷疑了，我總沒辦法改掉這個壞習慣。

「爲什麼要到紐西蘭？」我很疑惑。

「因爲紐西蘭有羊奶可以喝。」噴子德回答。

「哪裡沒有羊奶？」我說。

這是個天大的爛藉口。

「好羨慕你喔，可以坐飛機。」雷旺說。

「對喔，我沒坐過飛機咧。」我想了想。

雷旺的表情始終很興奮，我不明白原因，卻也不想問他。後來當我感染到跟雷旺一樣的氣氛以後，我明白了他的快樂。

我聽到了快樂的聲音，那個聲音只有一個名字：「我們的歌」。

我沒坐過飛機，沒到過機場。總聽人們說第一次的經驗是最美妙的，所以我特別珍惜所有的第一次。即使穿著球鞋，我還是覺得夏天從地板透過鞋子傳到腳底板的熱氣讓我難受。

在機場門外，我佯裝觀光客的模樣看著人來人往。有的人行色匆忙，一眼就可以分辨一定掛念著什麼，腳步飛快。有的人閒適地跟身旁的人愉快地談天，不必佯裝就很像觀光客。

我跟雷旺顯得格格不入。噴子德的媽媽陪著他搭乘離開台灣的班機，而我跟雷旺則硬被拉來當親友團。文靜跟樂子太愛哭了，所以禁止參加。

坐車的路上，噴子德沒有太多話，不停用右手來回摸著手上的行李。從坐車，一直到在機場等待。我偶爾跟噴子德打屁一兩句，但雷旺的表情卻顯得很不自在。

「你肚子痛？」我忍不住開口詢問。

「沒有。」雷旺沒有表情。

「不開心？」我繼續探詢。

「也不會。」

「那你幹嘛不說話？」

「我很緊張。」

我呆了一會兒，看看噴子德。噴子德聳聳肩，不明白究竟。

「現在是噴子德要出國念書，不是你。」我跟雷旺確認。

「我知道。」

「那你在緊張什麼，我都不緊張了。」噴子德也好奇。

「就像即將上場比賽一樣，你們不會懂的。」

的確很難懂。雷旺繼續沉默著，過了一段時間我跟噴子德也就沒再理會他。有的時候我說話間，往雷旺那兒看去，總覺得雷旺正說著話。

不知道這感覺打哪裡來的，雷旺沉默的時候，比說話的時候來得更懸疑。總覺得，他正用他宏亮的聲音，表達一些什麼。

機場裡的冷氣很強，腳底下熱滾滾的感覺漸漸模糊。我看著地板，漫不經心地沿著地板上的虛線踏過來，踏過去。紐西蘭，好像在南半球吧！從地球儀上頭看起來，跟台灣不過距離幾條經緯線。也許，我的腳都比地球儀上經緯線的距離來得大。

我們可以理解的範圍內，最接近無限大無窮遠的線，會不

會就是地球儀上，虛擬存在的的經緯線？想著想著，噴子德拍拍我的肩膀，看來是準備要登機了。看著前方排隊的人們，噴子德顯得很渺小。背著隨身攜帶的行李，不時回過頭看著我們。噴子德的媽媽，一點也不感覺悲傷似的，不停揮著手催促噴子德腳步加快。

鬧哄哄，整個環境就像沸騰的壺水一樣。雷旺從後拍拍我的肩膀，我回過頭。

「叫他。」雷旺說。

「啊？」我挑著眉毛。

「叫他！」雷旺重複一次。

「喔，」我回過頭，「噴？子？德？」

當時噴子德回頭的樣子，就像做了壞事被逮到的人一樣。拱著背回過頭，表情像是受到過度驚嚇一樣，嘴巴開開。

沸騰的壺水，持續的鬧哄哄。我的喊叫聲像一條線，筆直地朝噴子德發射。

我回頭看著雷旺，噴子德的媽媽也一臉狐疑地看著。雷旺伸出手，對噴子德揮了一下，接著拍拍我的肩膀。

「等一下記得要鼓掌。」雷旺對我說。

退一步，鞠躬。雷旺從牛仔褲口袋裡掏出了一條銀亮亮的傢伙，湊到嘴邊。我感覺到腳底板的熱氣，感覺到踩著的經緯線。雷旺吹起了口琴，我不知道如何形容這個感覺。

沸騰的水壺，像突然間被人把開關給關上了一樣。噴子德往回走，耳邊是雷旺的口琴聲。所有準備登機的人都往我們這

裡瞧，口琴的聲音開始並不那麼清脆，略顯生澀的動作讓節奏感模糊。

噴子德越走越近，雷旺的口琴聲也漸漸嘹喨清脆，很多旅客看著雷旺，吵雜聲慢慢小了，還有一個金髮碧眼的外國中年男子，站在雷旺前頭，雙手環抱胸前，就像欣賞一場音樂會一樣。

我只是聽著，陌生的旋律隨著雷旺手部的動作不斷灑出來。我試著把旋律音符記起來，但我總聽著聽著，就忘記了該在心中默記它的節奏，只傻傻地看著雷旺，看著走回來的噴子德。

口琴聲是慢板，聽起來有點悲傷的味道。雷旺的表情卻讓我無法將聽到的聲音跟悲傷畫上等號。聲音是以滑行的姿態掠過我們的耳朵。就像浪花一樣，一朵、一朵的，靠近的時候總像躺在海浪上面睡覺。

這是我第一次聽到雷旺的口琴聲，對著即將遠行的噴子德來說就像祝福一切順利的號角聲一般。噴子德不是英雄，卻是我跟雷旺生命中很重要的人。

這種人，我們通常給一個名稱叫做朋友。

雷旺的號角停止，在一旁欣賞的外國人，對著雷旺拍手。離開之前給雷旺一個大拇指，表示讚許。旁邊的旅客有的鼓掌，有的微笑點頭，有的面無表情繼續做自己的事。

噴子德很忙，忙著抖動自己的肩膀，握緊了拳頭看著雷旺。放下了手邊的東西，噴子德走到雷旺跟前：

「難聽死了。」

「屁咧。」

「你丟臉死了。」

「屁咧。」

噴子德往雷旺胸口重重地打了一拳。雷旺笑著不斷揉著噴子德的頭髮。

「真的很難聽，」噴子德看著我，「對吧！」

「這個……」我猶豫地看著他，我還想活著回家，

「是有點拖拍啦。」我回答。

雷旺收起了口琴，拍拍噴子德的肩膀：

「不要太感動啊！」

「噁心死了。」

我也走過去拍了拍噴子德，他的身子很燙，背不斷地抖著。我知道為何樂子跟文靜不願意出現。噴子德的眼裡插著一把刀，雷旺的口琴聲會撥弄它。而那把刀代表著離開。撥動著，它會流下血液，那不是眼淚。

雷旺的號角一句一句都是難過的風，如果我們還有一點快樂，都會被這陣風吹散。但是雷旺臉上的笑容卻是真的。

回程的路上，我覺得心情有點緊繃。雷旺很滿意地擦拭自己的口琴，得意的像打了一場勝仗。

我想問他為什麼都沒有一點捨不得的感覺。我感覺到噴子德停下腳步，對著我們揮手。我感覺到噴子德往旁邊的路走，不管我們如何叫喚他。我感覺到胸口悶得無法呼吸，雷旺卻在

旁邊快樂著。

「我吹得怎樣？」雷旺問我。

「不錯。」我點點頭。

「好聽嗎？」雷旺滿意地笑。

「誰的曲子？沒聽過。」

「沒聽過對吧！哈哈哈。」

「叫什麼名字？」

雷旺沒有回答我，我想噴子德已經揭曉答案。噴子德在登機之前，給了我們一個擁抱。

「媽，幫我照顧他們兩個，他們兩個都很笨。」噴子德對噴媽媽說。

「才怪，你照顧自己比較要緊。」噴媽媽回答。

「彈弓有沒有帶著？」雷旺問噴子德。

「有啊，幹嘛？」噴子德手伸到背包裡。

「遇到有外國人欺負你，就拿彈弓噴他。」我說。

「你以為每個人都跟雷旺一樣喔！」

噴子德拿出彈弓，在我們面前晃了晃。

「要說再見了啦。」

噴子德擦了擦眼淚：「不好意思，我先出去玩一下，如果很想我，就到鬼屋旁邊大喊三聲申強德好帥，我就會出現在你們眼前。」

「幫個忙，不要讓雷旺追到樂子。」噴子德勾著我的肩膀說。

「說什麼？」雷旺靠過來，給噴子德一拳。

「沒有啦。」我笑了。

「要記住喔。」噴子德轉過身之後，雷旺說。

「記住什麼？」噴子德抓抓頭。

「剛剛的表演啊！要記住喔。」

「我會作惡夢。」

「沒禮貌。」

「我不會忘記啦，噁心。」噴子德搥了雷旺一下：「這是我們的歌。」

這是我們的歌。我努力地回想那首曲子的音符，卻沒辦法確切想起。總覺得那口琴聲就在耳邊，卻寫不下它的譜。

也許因為我的記性不好，我想記起的東西總是做不到。這是第一次聽到雷旺號角，雷旺快樂的表情訴說著這是快樂的聲音。我卻覺得那是悲傷的風。但是快樂的聲音第一次出現，卻是在悲傷的場合裡。好像是注定的一樣。

後來雷旺號角也吹響了幾次。也許是第一次的悲傷留在號角裡頭的緣故，之後的幾次，都讓我感到悲傷。一次比一次更深。

但是雷旺的神情總清楚的告訴我，那是快樂的聲音。只不過，會帶來悲傷的風。西子灣的海風一樣，鬼屋前的番石榴樹一樣。然而我們再也沒有拿出彈弓來玩。鬼屋少了一點熱鬧的感覺，我一直認為熱鬧會帶來快樂。至少是暫時的快樂。

我告訴樂子在機場那天發生的事，樂子聽我說完之後面無

表情。

「好聽嗎？」

「我覺得還不錯，從來沒聽過的曲子。」

「嗯。」

樂子坐在我的身邊，一起看著鬼屋旁邊的夕陽。

「很感動的感覺。」我笑著對樂子說。

「我想也是。」

「所以妳感動了？」

「我？」

「雷旺是因為妳才學口琴，妳應該請楚。」

「我知道。」

「所以妳感動了？」

樂子站起身，瞇著眼抬頭看著天空。

「如果是你呢？」樂子把問題丟回給我。

「我……」我抓抓頭，「會吧。」

「你感動的時候，是什麼表情呢？」

「我？」我想了想，「大概會不知道該怎麼辦吧。」

「如果是我，我一定會衝上前擁抱他。」樂子說。

「我也會吧。」

「那你應該趕快過來抱我。」

「為什麼？」

「我……」樂子嘟著嘴，「我都在你身邊表演給你看啊！」

表演給我看？我假裝不驚訝地點點頭，下一秒我又猶豫地

搖頭。

「幹嘛又點頭又搖頭的？」

「表演什麼？」

「你猜。」

如果可以的話，我希望那個時候，我能夠得到更多提示。因為我太笨，沒有辦法馬上知道樂子說的話代表什麼意思。我在心裡揣測了無數次，總不知道答案是什麼。

答案一直沒有揭曉。不知道是好是壞。

雷旺確定考上體育學院的時候，是在正式放榜之前。確定消息的當天，我不是第一個被通知的。那一天，雷旺先告訴了樂子。

我替雷旺感到開心。我以為我會看到發狂的大猩猩在樂子面前跳著求偶舞，或者很激昂地發表他內心的快樂。樂子告訴我，那一天雷旺在她家門口，很平靜地告訴樂子。好像說著跟自己沒有關係的事一樣。當然更沒有慷慨激昂的告白。

「他說，我要到北部念書，他也會在那裡。」樂子告訴我。

文靜覺得雷旺好像變了。原本打鬧習慣、沒有一刻正經的他，好像變了一個人。應該是噴子德的關係吧。

「應該吧。」文靜回答我。

我突然鬆了一口氣。沒有來由的。

放榜那天，我選擇一個人到學校看榜單。我先注意有沒有噴子德的名字，很可惜的，並沒有意外。我仔細檢查自己的名字。看榜單的人都很奇妙，明明自己的名字再清楚不過，卻還

是很多人手裡拿著自己的准考證，一個一個對照著。

　　這個時候貼著榜單的這面牆，才是無限大的。很輕易地把原本在同一個地方生活的人，硬生生地扯離。

　　樂子考上了國立大學的音樂系，而我總算離開了音樂，考上也在北部的私立大學國貿系。我們的距離並不太遠，但是成績不甚理想的我，感覺一絲失落。

　　我一個人到鬼屋，坐在小山坡上面。糊裡糊塗的坐著，風大的時候差一點跌到山坡下。

　　「你在這裡發什麼呆呀？」

　　文靜在我的背後點了兩下：「怎樣？」

　　「嗯？沒什麼。」

　　「嗯……結果如何呢？」

　　夏大，還沒講幾句話已經讓失望與等待溼透。

　　「結果不錯啊！幹嘛一臉沮喪的樣子？」

　　「沒有啊。」我撐著笑臉，「妳呢？」

　　「很羨慕你們啊。」文靜坐下，「我離你們都好遠喲。」

　　「好遠？」

　　「我在嘉義。」

　　「嘉義？」

　　「好難過喔，真是的，你還要我重複一次。」

　　文靜總是這樣笑著看著我。不管面對什麼樣的狀況，我只要一回頭，文靜一定會對我笑。

　　「沒關係吧，反正……」

我一時語塞，竟然講不出什麼安慰的話。

「沒關係，我知道的。」文靜咬著下唇，「我會時常去台北找你們玩喔。」

「當然啊。」

「你會歡迎我吧！」

「這有什麼問題，」我笑著，「至少還有樂子啊！」

「記住你說的話喔！」

我記得那時候文靜笑著，左邊臉頰上的酒窩在跟我打招呼。我好像沒有看到，那時候的文靜，眉頭深鎖。

我踏上另外一個平面。除了文靜以外，我們都在北台灣的天空下。離開了熟悉的地方，我才知道原來我對熟悉的東西有這麼重的依賴。我沒辦法看到雷旺，我才知道看到他的時候總會覺得，天底下沒有什麼好懼怕的東西。

我沒辦法見到樂子，才知道原來每天看到她，會讓我的心情平靜。我也很難遇見文靜，我才想到那本藍色小天使被我放在家裡的書架上。沒有翁婆婆的鬼屋，這裡的人也沒辦法知道鬼屋的番石榴有多甜。我把很多東西遺留在熟悉的地方。但是我也不得不拋棄它們。

上了大學，我才知道我每天都在扮演著同樣的角色。除了一次又一次的自我介紹之外，戴上面具，扮演著不屬於我的另外一個角色。不停地更換自己的表情，迫切地需要融入這個環境。

「大家好，我是謝晉溢，來自高雄，專長是小喇叭。」

　　我像壞掉的留聲機，不停重複播放這幾句。

　　還好宿舍的其中一個室友，叫做劉家佑，很熱情，總是會找機會跟我聊天。雖然熱情卻不會令人討厭。家佑是日文系的，我問他爲何會想讀日文，他的回答很令我驚訝。

　　「因爲我爺爺跟我說日本是我們的仇人。」

　　「既然如此爲何要學仇人的語言呢？」

　　「要消滅敵人，必須先要了解敵人。」

　　「有這麼大的仇恨嗎？」我實在很疑惑。

　　「仇恨不是寫在歷史課本，而是放在我的心裡。」

　　我聽完之後只是抓抓頭，覺得這個傢伙很奇妙。我覺得有一天，他應該會是一個很特別的人。相較於我的平凡，他應該會很不平凡。

　　樂子也住在宿舍。我第一次到他們學校找她那一天，正聽著她跟我抱怨宿舍室友的缺點。

　　「你知道嗎？每天晚上要睡覺的時候，其中一個拚命跟男朋友講電話，好像大家都要看他們表演連續劇一樣。」

　　「也不錯啊！」

　　「哪會呀！另外一個室友更厲害，到處都掛滿了她的內衣，也不知道要收起來。」

　　「而且你知道嗎？我是睡 A 床的，他們竟然說床位是按照罩杯分配的！」

　　「哈哈哈哈哈，」我忍不住笑了，「是這樣的沒錯啊！」

　　「才怪呢，我才沒那麼……」

「什麼？」我看著樂子。

「你很討厭咧！」

一邊吃著晚餐，我聽著樂子不停抱怨大學生活的一切。只是跨過了一條線，生活竟然出現了這麼大的不同。

「新的生活需要一段時間適應的。」我對樂子說。

「我知道啊……」樂子喝了一口水，「只是有時候會感覺到寂寞。」

「多交一點朋友吧！應該很多機會的。」

「你呢？學校還好吧？」

「不錯啊，除了不斷重複自我介紹之外……」

說完樂子忍不住笑了。如果這時候的樂子有翅膀，我想她應該會飛上天空。回學校之前，我們在台北的美食街慢步。往天空的方向看去，不是那樣的藍。也許因為多了夢想，所以把天空染了色。

回到了宿舍，家佑捧著一本書。

「你回來啦？」

「在看什麼？」

「三國演義。」

「好成語。」

我把噴子德把只要四個字的詞都當作成語的事告訴他，他捧著肚子大笑。

「好傢伙，有機會要認識一下。」

「也許沒有機會吧。」

「爲什麼？」

「他在國外念書。」

「這樣啊。」

我放下背包，拿了盥洗用具準備洗澡，家佑把我叫住。

「你知道嚴顏是誰嗎？」

「知道啊，三國演義裡面的人。」

「有一次曹操問他，『嚴顏夏日何處去』，你知道他怎麼回答嗎？」

「不知道。」

「他回答：『夏日炎炎正好眠』。好笑吧！」

家佑說完，便捧著肚子大笑。我拍拍自己的腦袋，暗自提醒自己不要常跟眼前這個人說話。以免腦筋也跟著變成怪怪的。

梳洗完畢回到寢室之後，家佑坐在電腦前面，兩隻食指不停在鍵盤上面敲打。看著他的一指神功，我忍不住走到他的跟前。

「在忙什麼？」

「沒什麼，把剛剛的心得寫下來。」

「什麼心得？」

「那個成語的笑話啊。」

「你這樣打字我看了都覺得難過，我幫你打好了。」

「那我現在尿急，你幫我上廁所好不好？」

「我怎麼幫你上廁所？」

「那就對啦，那你怎麼幫我記錄我的心情？」

我坐回自己的書桌前，看著家佑在網站上一個字一個字的敲著。原來我沒辦法幫他記錄心情。事實上，我也不知道怎麼記錄自己現在的心情。

「我想到了。」我走到家佑旁邊。

「什麼？」

「我想到怎麼幫別人上廁所了。」

「真的假的？」

「如果可以的話，你先在一個容器裡面排泄乾淨，然後我再把容器拎到廁所去。」

「嗯……」家佑停下手邊的事，「這樣不夠完美，不如你把容器裡的東西喝掉，然後再到廁所去排泄出來，會不會更好？」

我感到一陣噁心。我想起第一次跟雷旺在廁所裡交談的情景，那天雷旺好像也是一樣的噁心。我努力拼湊出雷旺那天的話，告訴了家佑。

「怎麼你的朋友都是這麼奇怪的人啊？」家佑皺著鼻頭。

「不然怎麼跟你當朋友。」

「哇，轉一個大圈還擊，你越來越厲害囉。」

「過獎，過獎。」

「那個朋友不會也出國唸書了吧？」

「沒有，他是體育學院的。」

不知道為什麼，我可以很輕鬆地把所有的事情告訴家佑。

包括雷旺的口琴，文靜借給我的小說，樂子的Ａ罩杯。家佑一邊聽，一邊用一指神功把我說的話記下來，也不知道什麼原因。

「那本小說叫做什麼名字？」過了好一下子，家佑突然問我。

「嗯……我忘記了。」我想了想，「只記得封面藍色的，有一個天使。」

「你怎麼記性這麼差。」

「啊！小說的名字很像色情漫畫。」

「哇，那我更要去找來看。」

我說著自己的事情時，家佑笑得很開心。而當時的我，應該也很興奮。對我來說，這段日子是到目前為止最重要的時候。

每次我遇到困難不知道怎麼解決的時候，我就會回想那段歲月。記憶力雖然不好，但是我很努力的回想，只希望可以把那些畫面留在腦海裡。

當然包括雷旺的口琴聲。

家佑給我的感覺，跟雷旺很接近。笑起來都很爽朗，說起話來讓人無法招架。我不斷告訴家佑我破碎的回憶，而家佑也幫我記下來。

也許因為家佑知道我的記性不好，所以才會這麼做。我很想一起告訴家佑雷旺的號角，但是我不行。我沒辦法記起當天聽到的音符，連一個音符都沒辦法。

　　只能把畫面透過文字告訴他，讓他利用文字還原畫面。只是，那口琴聲無法還原，因爲那是快樂的聲音，卻有悲傷的風。而我不會吹奏「我們的歌」。

　　「悲傷的風？」

　　家佑始終無法理解我的意思。不管我怎麼跟他說明。最後，我只能告訴他，那是我們的歌。既快樂，又悲傷的旋律。

　　雷旺跑到學校來找我，讓我嚇了好大一跳。他還是那個樣子，天生就一副世界無敵的模樣。我趕到校門口，看著雷旺騎著一台打檔摩托車。

　　「帥不帥？」雷旺手裡端著安全帽，驕傲地問我。

　　「哇，好帥的車。」我上前摸了摸發亮的車。

　　「我不是說車，我是說我！」

　　「這個就像赤兔馬被殘障的人駕駛一樣。」

　　「什麼是赤兔馬？」

　　「沒什麼。」我趕緊轉移話題，「這麼急著找我幹嘛？」

　　「我遇到人生最大的考驗。」

　　我騎著車跟在雷旺後面，只因爲雷旺要跟我好好研究渡過難關的作戰計畫。到了速食店，找了個角落坐下。一邊聽著速食店播放的「土耳其進行曲」，吃著晚餐。

　　「吃東西的時候放這麼有殺氣的音樂，這間店的老闆很高明。」雷旺說。

　　「此話怎講？」我咬了一口漢堡。

　　「這個音樂會讓你想到什麼？」

「凱旋歸國？」

「好，那如果是你，你凱旋歸國的心情會如何？」

「很開心。」

「對，會不會迫不及待？」

「也會吧。」我喝了一口可樂。

「所以囉！」雷旺一副理所當然的模樣。

「那你找我，就是因爲這家店的老闆很高明囉？」

「也可以這麼說。」我順著雷旺手指的方向看去，「看到沒有？」

「看到什麼？」櫃檯有幾個人在點餐之外，沒有別的。

「那裡那裡！」

一組兩隻的玩偶，裝在一個玻璃箱子裡頭。櫃檯正好有一個媽媽帶著小朋友，似乎正選著裡頭的娃娃。

「你……喜歡那個店員？」

「不是啦。」

「你喜歡那個媽嗎？」我瞪大眼睛。

「也不是。」

「那就是那個小朋友囉！」

雷旺打了我腦袋一下。

「是那個娃娃啦！」

「怎樣？」

「可愛嗎？」

「我沒研究。」

　　雷旺點點頭，專心地吃著漢堡。我心裡想著那個玩偶，有點不好意思問他。過了一會兒，雷旺才煞有其事地看著我。

「樂子喜歡玩偶。」

「樂子？」

「所以我想買給她。」

「可以啊。」

「可是買這個要排隊。」

「那你要加油喔。」

「我的意思不是這樣。」

「哦，那千萬不要插隊喔。」

「也不是這樣。」

「那你是什麼意思？」

　　雷旺突然起身，抬頭挺胸地看著我。這個動作讓桌上的可樂打翻了，我也迅速地站起來。可惜我的褲子還是被可樂弄濕了。

「你把可樂打翻了。」

「這個不是重點。」

　　雷旺繼續抬頭挺胸。

「你看我的樣子！」

「我正在看，很像發情的大猩猩。」

「看我，是不是很挺拔。」

「說挺拔，其實也還好……」

「是不是很有男子氣概！」雷旺完全忽略我的話。

「還挺像大猩猩的。」

「所以……像我這樣的人，去排隊買凱蒂貓的玩偶，是不是很不好看！」

「沒錯。」

「那就謝謝你了。」

「不客氣。」

我把桌子擦拭乾淨，重新坐回位置上。

「等等，你為何要謝我？」我疑惑地開口。

「因為你答應幫我排隊。」雷旺笑著。

「我有這麼說嗎？」

「男子漢一言既出，你不可以辜負我。」

「可是我沒有答應你啊！」

「那我就再次謝過了。」

雷旺完全不理會我的反駁。最後的結論，如果我有空的話，會陪他過來排隊。這個結果反而更令我後悔。

第一次排隊的時候，花了一個鐘頭左右的時間。從來沒有這樣等待過的我們，在拿到熱呼呼的玩偶的時候，差點相擁而泣。身後其他排隊的人看著我們兩個人，總好像懷疑我跟雷旺的關係。

這組玩偶一共有十二對，可惜雷旺只蒐集到十一對。排隊買最後一對的時候，人潮洶湧，好像有免費的鈔票可以領一樣。一直排到我們前面第三個的時候，全部賣光了。

我看著前面男生的表情，彷彿上廁所忘了帶衛生紙一樣難

過，我也跟著失落。雷旺一個箭步向前，攔住買了三組玩偶的媽媽，央求她割愛。

「很抱歉，我有三個孩子，他們每個人都要一組。」媽媽歉然地說。

「一組就夠了啊！」雷旺懇求著。

「可是這樣他們會吵架，先生，真的很不好意思。」

「那這樣，我把三組都買下來，這樣他們誰都沒有，就不會吵架了。」

「這個……」

那位媽媽的表情就像隨時要報警一樣，我趕緊把雷旺拖離現場。雷旺臉上寫著說不完的失落。

「這樣就不完整了……」雷旺喃喃自語著。

「沒關係啦，以後再想辦法買到就好了。」我拍拍雷旺的肩膀。

那時候的我，對雷旺有種莫名的羨慕。正面迎接自己的感情，並且邁開步伐努力追求。相較之下，我不斷懷疑自己的想法，不斷駁回心裡的感覺。

又或者，因為我的心告訴我，答案是不好的。我的潛意識已經認定了雷旺對樂子的喜歡是正確的，於是所有跟這件事牴觸的感覺便通通無效。也許可以抗議，也許可以爭論。但是我的心關起了耳朵。

從小到大不停地追逐著正確答案，就好像肚子餓了要吃飯，跌倒了要爬起來。可是正確答案總存在於理論上，補習班

的數學老師說，實際總是可以突破理論。

對我來說，正確答案只有一個，我卻還沒解出來。

家佑對於我的想法感到意外。他覺得肚子餓了不一定要吃飯，有時候吃麵包也可以。跌倒了也不必急著爬起來，從比較低的角度看世界，會有不一樣的景色。

我聽不大懂，於是虛應一下點點頭。

「你覺得十公斤的棉花從十層樓高掉到你頭上，跟十公斤的金塊比較，哪個比較痛？」家佑問我。

「嗯，如果是十公斤的金塊，我想再痛我都覺得很爽。」

「你仔細想想看。」

「嗯……」看著他認真的表情，我思考了一下。

「不一定，棉花的體積跟金塊的體積一樣嗎？考慮風阻的問題的話，還有那時候的氣溫，掉下來的速度，嗯……是个是從同一棟大樓的十層樓高丟下來呢？」

我一口氣問了很多的問題，這些問題不清楚的話，答案都是不確定的。家佑拍拍我的肩膀，搖搖頭。

「你就是想得太多，才會忘記最原本的部分。理論上同樣十公斤的東西掉下來，不管如何掉到你頭上的力量都是一樣的。」

家佑拍拍自己的腦袋：「但是你仔細想想看，棉花掉到你頭上，會比金塊痛嗎？」

「那只是棉花而已啊，軟軟的，不是嗎？」

「我不是很懂你的意思。」我搖頭，「說清楚一點好不

好？」

「唉，很多事情要你自己去體會，而哪個比較痛，也許掉到你頭上的那天，你才會明白。」

看著家佑兀自打著電腦，我模擬著棉花跟金塊掉到頭上的感覺。如果理論是棉花，現實是金塊，那麼理論打到頭不會有太大的感覺。而現實迎頭而來，卻會讓人無法招架。

如果樂子是金塊，那麼棉花，應該就是文靜吧。

第 5 樂章

我不斷地往前跑，
家佑卻幫我收拾我路上遺落的行李。
我們好像都只能漫無目的的跑，
以為只要往前跑就可以擺脫掉很多的包袱。
誰知道，我們都是背著包袱往前跑的笨蛋。
沒有人例外。

　　午睡之前，我看著天空發呆。看著太陽的時間久了，眼睛轉向其他地方，還會出現紅紅的一個圓點。不停玩著視覺暫留的遊戲，讓我感到一陣頭暈目眩。

　　「發什麼呆？」

　　小柳過來拍拍我的肩膀。

　　「沒什麼，找不到事情可以做。」

　　「這麼無聊。」

　　我對小柳笑了笑。

　　「有去找那個女孩兒嗎？」小柳問我。

　　「啊？」

　　「我就知道。」

　　我點點頭。小柳往我身邊一坐，閉上眼睛順勢躺了下來。

　　「放假去了哪裡？」我問。

　　「哪兒都沒去，」小柳睜開眼睛，「吃飽睡，睡飽吃。」

　　「當初念書的時候總想要放假，現在才知道，什麼是真正的放假。」

　　「我反而覺得，念書的時候，比現在期待放假。」小柳說。

　　我轉過頭看著他，無所謂地搖搖頭。

　　「怎麼說？」

　　「以前的放假是有意義的啊！」小柳笑著，「放假可以去找女朋友，逛街看電影，或者到處遊山玩水。」

　　「現在放假不也可以？」

　　「那可不一樣了，現在放假都是一個人，回了家也沒有伴。」

　　時間過得很慢。上帝最奇妙的手段，就是會在我們擁有的時候讓我們忽略，而在我們失去的時候讓我們後悔。

　　「你當初幹嘛跟女朋友分手？」我好奇地問。

　　「幹嘛不分手？這不是害她沒辦法找新的對象嗎？」

　　「這是藉口吧。」

　　「怎麼會是藉口，」小柳拍拍我，「我們的時間是浪費定了，何必多讓一個人跟著浪費時間？」

　　「如果她想等你呢？」

　　「想的話，她就不會答應我，也不會一次都沒來看我了。」

　　小柳指著我的鼻子：「我不是你，你這小子運氣好，卻不知道珍惜。」

　　我跟著躺了下來，看著天空。眼睛看著太陽，轉移視線，出現紅色的圓形。如果眼睛一直看著過去的畫面呢？轉移視線會不會也出現視覺暫留？

　　「我們就好像傀儡一樣。」小柳打斷我的思緒。

　　「嗯？」

　　「每天固定時間起床，睡覺，吃的東西被分配好。」

　　「嗯。」

　　「一個口令一個動作，偶爾還要跑步帶殺聲。」

　　「很像白癡。」

　　「每天都像個玩偶一樣，沒有屬於自己的想法。」

　　「所以……」

　　「被玩壞了，就會被遺忘在角落。」

起身拍拍身上的灰塵，準備朝寢室前進。午睡的動作即將開始，班長對我們兩個招手，要我們動作快一點。不知不覺，我的說話方式也越來越制式化。

朝……前進，開始……動作。跟人說話之前，會不小心加一個「報告」。好像玩偶一樣。

我跟小柳的差別，大概在於他認為他是被遺棄在角落的玩偶，而我並沒有被遺棄。而那個時候，我大概不知道這回事。突然想到了雷旺買給樂子的玩偶，不知道是否被樂子遺忘在角落。

雷旺央求我跟他一起去找樂子，而十一組的玩偶，也有一半在我手上。捧著一堆玩偶走在樂子的學校裡頭，感覺很特別。

樂子的學校很多都會是未來的老師，我跟雷旺走在校園，總可以感受到他們的關愛眼神。走到女一舍前面，樂子正坐在花圃上。我跟雷旺像對待玻璃製品般，小心翼翼地捧著手上得來不易的玩偶，走到樂子跟前。

「這是什麼？」樂子指著我們手中的玩偶。

「這個……」我看著雷旺。

「你們要來義賣的嗎？」樂子問。

「這個，送給妳的。」

雷旺將手上的玩偶往前一擺，我也跟著往前走。

「給我？」樂子盯著眼前一堆的玩偶。

「對呀，祝妳生日快樂。」雷旺說。

「我的生日還沒到。」樂子扁嘴。

「快到了，所以先送給妳。」雷旺咧著嘴笑。

「這個是雷旺花了很多時間排隊買到的喔。」我趕緊補充。

路上來往的同學，有些往我們這邊看的時候，我總下意識地偏過頭，害怕會被這尷尬使人臉紅的場面擊倒。即使這裡的人，沒有一個認識我，但我還是很在乎他們的眼光。

雷旺跟我不同。好像站在頒獎台上領獎一樣，理所當然。

「這麼多，我的宿舍哪裡放得下？」

樂子隨手拎起一個玩偶把玩。

「沒問題，我可以幫妳搬上去。」雷旺說。

「笨蛋，男生不可以進宿舍。」

我不知道該開口說些什麼。

「這麼多，我一個人怎麼搬得動？」

「不然，」我說，「不然妳就分批拿上去。」

「宿舍沒有地方可以放……」

「哇……」雷旺乾笑著。

就快要秋天了。不大習慣北部比較涼的天氣，有的時候風吹過來，會讓人不自覺發抖。這是我最無法習慣的。

樂子託她的室友幫忙，把所有的玩偶「暫時」放在宿舍裡頭。接著我們到樂子學校附近的夜市，找了一攤坐下來。雷旺準備了兩根蠟燭，拿了打火機點燃。

「我要許願囉！」

樂子雙手交握，閉著眼睛。

「第一個願望，我希望世界和平。」

「喂，好老套喔。」我說。

「好嘛，那我重來。」樂子吐吐舌，「第一個願望，我希望我的朋友永遠都不要離開。」

我跟雷旺互看了一眼。如果噴子德跟文靜也在就好了。

「第二個願望，我希望我身邊所有的人都平安順利。」

「好！」我拍手。

「不錯、不錯。」雷旺也跟著拍手。

「第三個願望……」樂子低下頭。

「等一下，第三個願望不可以說。」我提醒。

「說出來就不準了喔。」雷旺點頭。

「我沒打算說出來呀！」樂子噘著嘴。

雖然夜市很吵，但是我們還是小聲地唱了生日快樂歌。樂子許下第三個願望的時候，睜開眼睛吹熄了蠟燭。

後來那一堆玩偶，樂子只留下了一對。她那個愛占用寢電跟男朋友聊天的室友，跟雷旺要了一對。雷旺看了那個女孩子一眼，聳聳肩。

「這已經不是我的了，妳要問樂子。」雷旺說。

「佳樂，給我一對好不好？」

「嗯……」樂子想了想，「好吧，反正有很多。」

剩下的玩偶，只好讓我跟雷旺重新捧回家。離開女一舍的時候，雷旺放慢了腳步。樂子答應給室友一對玩偶的時候，雷旺的臉上沒有多大的表情。但是我看到了，雷旺咬了下唇。

動作很小，漣漪很大。

「原來是樂子生日，你怎麼沒告訴我？」我問雷旺。

「我以為你知道。」雷旺說。

我不知道樂子的生日，依稀記得好像是天秤座的。我連自己的生日，偶爾都會忘記。我懊惱自己的記性太差，卻也一籌莫展。

「啊！我忘了一件事。」雷旺突然大叫了一聲。

「什麼事？」

「沒什麼。」

騎上摩托車之前，雷旺把所有的玩偶丟進我的車箱裡。發動摩托車，我戴上安全帽，等著雷旺帶路。

雷旺停下來，從褲子口袋裡拿出銀亮亮的口琴，看了好一會兒。我想，我大概知道雷旺剛才遺忘的是什麼了。

家佑在寢室裡看著一本書，電腦開著。我一邊擦拭著剛洗完的頭髮，走到家佑身邊。

「你在看什麼？」

「小說。」家佑抬起頭看我一眼，馬上又低下頭。

「很少看你唸書，不怕考試不及格？」

「你不知道，」家佑拍拍手上的書，「我的系是被當比 All pass 還難。」

「真的假的？」我疑惑。

拿起了經濟學課本，我試圖把課本上的內容塞進腦子裡。

國內投資需求乏力的幾大因素：

1. 國有企業的衰敗
2. 國債投資效應遞減
3. 經濟信用缺失導致投資短期化
4. 出口市場不穩定

　　我對這些專業術語感到焦躁。投資，經濟，貿易。這些東西都無法解決我生活上的困難。

　　我突然羨慕起家佑不必接觸到關於這方面所有的問題。我抬起頭，嘆了一口氣。

　　「家佑，你覺得經濟學帶給我們哪些幫助？」

　　家佑看著我，想了一下：

　　「讓很多學生上大學有科系可以讀。」

　　「除了這個之外？」

　　「讓喜歡數學的人有發揮的空間。」

　　「然後咧？」

　　「多的是。」

　　我蓋下書本，走到家佑身旁。

　　「經濟學的原理，可以應用在生活上。」

　　「有以教我。」

　　「什麼？」

　　「就是趕快告訴我啦。」

　　「喔。」

　　家佑放下小說，拍拍旁邊的位置要我坐下。我瞄了一眼，小說的封面是藍色的。

　　「如果你喜歡上一個女孩子，你就必須開始考量很多。例如，那個女孩子有沒有潛力，是不是績優股。」

　　「女孩子又不是股票。」

　　「這只是比喻而已，」他繼續說，「如果這個女孩的後勢看漲，代表投資報酬率很高，那麼你就可以投資。」

　　「那如果女孩子的後勢不好呢？」

　　「那就必須趕緊脫手啊，笨。」家佑打了我的頭一下，

　　「如果現在你手邊有很好的對象，那麼趕緊集資是第一要件，然後必須立刻進場，以免日後搥胸頓足。」

　　「所以……」我看著家佑。

　　「所有的學問都可以運用到實際上的。」家佑指指腦袋，

　　「花　點想像力。」

　　我簡直對劉家佑佩服得五體投地，差點沒點起三柱香對他膜拜。原本沒有意義的內容，可以聯想到這麼深入。

　　「真浪費，你應該來讀我的課本。」我對他說。

　　「別傻了，用說的我很會，至於實際上要我去做……」家佑欲言又止。

　　「怎麼？」

　　「我的資金不足。」

　　我把剛才家佑說的「愛情投資論」在腦中翻轉了好幾圈，一邊對照著手邊的課本。現實中的投資不單只有絕對的理論，

還包括了實際操作的狀況。

　　經濟學老師說，投資經濟的盲點，就在於投資者的操作手腕。當然還包括了投資者的勇氣。愛情似乎也是一樣的。而且更多的不確定。

　　「我找到了。」家佑突然對我說。

　　「找到什麼？」

　　「你說的那本書。」

　　家佑拿著藍色的小說在我眼前晃了晃。我看了一眼，點點頭。

　　「應該是這本沒有錯。」

　　「嗯。」

　　「我一開始以為是色情漫畫。」

　　「不是啊，」家佑看著書的封面，「挺感人的。」

　　看著那封面的小天使，我的心頭震動了一下。不自覺地側過頭看著自己的肩膀，摸了一下。我還是，找不到翅膀。令我感到沮喪。

　　「幹嘛一臉呆滯？」

　　「沒有，說出來你會嘲笑我。」

　　「你不說出來我一樣會嘲笑你。」

　　「那我不說了。」

　　「不要這樣，你也知道生活很無聊。」

　　「那又關我屁事？」

　　「關你屁事喔，我想想……」

「你還真的在想喔！」我搖搖頭，「真受不了你。」

於是我把翁婆婆的寶藏說了出來。我忘了我有沒有提到「下雨天的蝴蝶」這個部分。畢竟我的腦子不大靈光，連當時是否記得這件事，都不大確定。

家佑若有所思地聽著，不一會兒就跑去把電腦打開。

「下雨天的蝴蝶？」家佑回過頭問我。

「嗯。」我點點頭。

「等我一下。」

家佑的一指神功，不管看幾次都會忍不住發噱。上帝讓我的記憶力耗弱，卻給了我家佑這樣的朋友。當我遺忘了什麼的時候，家佑會不斷地詢問我，直到我想起為止。

我不斷地往前跑，家佑卻幫我收拾我路上遺落的行李。我們好像都只能漫無目的的跑，以為只要往前跑就可以擺脫掉很多的包袱。誰知道，我們都是背著包袱往前跑的笨蛋。沒有人例外。

校慶園遊會的的時候，我請雷旺、樂子還有文靜一起參加。距離的關係，文靜沒辦法臨時北上，而雷旺必須參加比賽。所幸樂子可以參加。

家佑見到樂子的瞬間，我感覺到他的眉頭緊緊糾結在一團。樂子當天穿了連身的牛仔裙，紮著很高的馬尾。透過陽光，感覺樂子的臉上笑容好像永遠不會停一樣。意外的，那天的景象很用力地黏在我的腦海中。空氣中有淡淡的香味，從雲層透出的陽光像樓梯一樣，直直通向天堂。

「這個就是傳說中的樂子？」

家佑湊到我的身邊低聲問我。

「沒錯，怎麼？」

「沒有，」家佑搖頭，「跟我想像中完全不一樣。」

「怎麼不一樣？」

「我總以為她看起來應該很成熟，結果……」

「結果很幼稚的長相？」我忍不住笑了。

樂子看著我跟家佑竊竊私語，湊上前來：「你們在說什麼？」

「沒什麼，沒什麼。」我搖著手。

「是這樣的，我覺得妳看起來不如想像中那種模樣。」家佑說。

「什麼模樣？」樂子皺著眉看了我一眼。

「根據小晉的說法，妳看起來應該要比現在老氣一點。」家佑說。

「為什麼？」樂子瞪了我一眼。

「因為我總跟他說妳很成熟有氣質。」我趕緊補充。

「這樣啊……」樂子滿意地笑了。

家佑點點頭表示同意我的看法。我鬆了一口氣。

「不介意我問妳多大吧？」家佑開口。

「我？」樂子指著自己，「我32B。」

我在一旁差點下巴脫臼：「他是問妳年紀啦！」

「喔，」樂子吐著舌頭。

「請問妳多大？」家佑忍著笑。

「我十八歲。」

「嗯，我這次是問妳三圍。」家佑說。

我趕緊把家佑支開，擔心他又說了什麼不該說的話。樂子聽了家佑的話之後，並沒有不愉快的表情。

「對不起喔，他平常不是這樣的。」我歉然。

「沒關係啊，很好玩，反應很快。」樂子笑著。

我跟著樂子在校園隨處逛著，跟她講解我住的宿舍餐廳裡頭的食物有多麼讓人難以下嚥，一邊看著人來人往。樂子帶著淺淺的微笑，聽我說著，不時因為我的話而笑得噴口水。

走到了砸水球的地方，看到了家佑正玩得不亦樂乎。我與樂子走到攤位前，看著家佑渾身溼透。

「要不要玩？」樂子問我。

「玩這個？」我疑惑地看著她，「妳有帶換洗的衣服來嗎？」

「我沒有說是我過去啊！」

樂子指了指前面，對我眨眼。我必須承認這個時候的樂子很美。但是我的下場並非如此。

「不要砸我的臉！」我大聲地警告。

「不砸臉，保證不砸臉。」樂子笑著。

「不砸臉，」家佑跟著大喊，「才奇怪！」

我在心裡暗自詛咒劉家佑這個混蛋，用著哀戚的眼神看著樂子：「手下留情！」

「好，放心！」樂子把手圈在嘴邊喊著。

　　我的下場跟家佑不遑多讓。看著我的模樣，家佑在一旁笑彎了腰。我感謝我的父母，讓我有著好脾氣。否則我大概會像抓狂的老虎，撲上家佑狠狠地撕裂他的臉。

　　樂子擔心我會感冒，要我們先上去把衣服換一換。

　　「你這傢伙……」換好了衣服，我在寢室裡對家佑怒吼。

　　「幹嘛，開心一點嘛。何必這麼放不開？」

　　「下去了啦，不要讓樂子等太久。」

　　「你先下去。」

　　「一起來啊！」

　　「你是真的蠢過頭，還是裝出來的？」

　　「什麼意思？」

　　「沒有啦，你先下去，我想休息一下。」

　　我一邊抓著頭，百思不得其解地走出宿舍。樂子背對著我，不知道在看著哪裡。從背影看過去，樂子跟以前的感覺不大一樣。

　　好像多了一點什麼。

　　「讓妳久等了！」我拍拍樂子的肩膀。

　　「噢！」樂子嚇了一跳，雙手背在身後。

　　「妳在幹嘛？」

　　「沒什麼。」

　　逛完了園遊會，我送樂子回去。這是我第一次騎車載樂子，我跟樂子的距離，從前座到後座不到二十公分。我很緊張，不斷回頭告訴樂子，我是第一次騎車載人。

「沒關係，你慢慢騎。」樂子拍拍我的肩膀。

「嗯……那妳盡量不要跟我說話，我會緊張。」

「好。」

我專心騎了大約五分鐘。

「喂！」樂子叫我。

「幹嘛？」我提高注意力。

「今天謝謝你喔。」

「喔，沒有什麼，我還怕妳覺得無聊呢。」

「不會呀。」

「那妳暫時不要跟我說話唷。」

「好。」

大概又過了五分鐘。

「我今天砸你水球的時候，會不會很用力？」

「還好，」我說，「眼淚還忍得住。」

「嗯。」

「那妳先不要跟我說話，我要專心。」

大概又過了……

「喂！」樂子又開口。

「等一下再說，先讓我專心騎車。」我制止。

「噢……」樂子的音量減低，「好兇喔。」

「對不起、對不起，我不是這個意思。」

「哈！我故意逗著你的啦。呵呵！」

樂子捏了我的腰一下，差點害我失控撞上隔壁的腳踏車。

也幸虧隔壁是腳踏車，如果是戰車那我現在就跟大家說再見了。

「妳很壞耶！」我對樂子說。

「我就是這麼壞啊！」樂子笑著。

「不要說得那麼得意的樣子！」

「我好壞，我好壞，我好壞……」

等紅燈的時候，樂子在我的耳邊不斷重複。我回過頭看了她一眼，她朝我吐了一下舌頭。

「小心壞蛋會被雷劈。」我警告她。

「沒關係，反正……我會抱緊你。」

樂子的手，摟在我的腰上。突然一個震動，我嚇了一跳。

「這樣雷劈下來，你也會遭殃。」樂子笑著說。

「笨蛋，」我笑了笑，「我才不想燙頭髮，不要害我。」

「瞧你得意的咧！」

樂子的手，在我的腰上。我跟樂子的距離，一下子拉近了不少。但是好像又遠了一些。

送她到了女一舍的門口，樂子正重新綁著因為安全帽而毀掉的馬尾。我看著她的動作，好像眼前正展覽著一幅畫一般。

「我有東西要給你。」樂子綁完頭髮，笑著對我說。

「什麼東西啊？」

「你猜啊！」

「這樣我怎麼可能猜得到？」

「那我給你提示，是一種用具。」

「用具？」我想了想，「避雷針？」

「笨死了，你還在想剛剛的天打雷劈喔？」

「嘿嘿……」我不好意思地抓抓頭。

「喏！」

樂子伸出手，遞給我一個東西。

「這個是……」我接過手，「口罩？」

「沒錯，這樣下次我就不需要自己準備了。」樂子笑著。

「我要放在哪裡？」

「當然是放在心裡啊！」

「放在心裡？」

「你很笨耶，」樂子敲了我的頭一下，「放在車箱裡面啦。」

「喔。」我點點頭，「可是我又不會每天都載妳？」

「你很囉唆。」

我看著樂子轉身準備走進宿舍裡，發現旁邊有很多對男男女女難分難捨。透過提款機的光線，還隱約可以看到有些情侶好像正在接吻。

「喂！」我叫了一聲。

「嗯？」樂子回過頭。

「今天，好玩嗎？」

「嗯，一點都不會無聊。」

我跟樂子揮揮手，說了再見。

一點都不會無聊嗎？樂子。這是我跟妳的故事，我希望它永遠都不會無聊。這樣，會不會太貪心了？

會嗎？樂子。

家佑告訴我，樂子給他的感覺，跟想像中差異很大。

「哪裡很大？」我沒聽清楚。

「差異很大。」他重覆了一次。

我把書本放下，看著他正摸著鍵盤，好奇地往前走去。

「在幹嘛？」我好奇地問。

「記錄。」

「記錄什麼？」

「園遊會那天的情況。」

我稍微瀏覽了一下，發現文字密密麻麻。

「你的記性真棒。」我說。

「是不錯。」

「你想像中的樂子，原本是什麼樣子？」

「嗯……應該是一個很開朗的女孩，會大聲笑的那種。」

「沒錯啊，樂子就是。」

「不對。」

「不對？」我疑惑著。

家佑把椅子轉了一百八十度，一眼大一眼小的看著我。

「難怪我會對她有這種印象，就是因為你。」

「關我什麼事？」

「從你的眼睛裡，怎麼會只有看到樂子的爽朗呢？」

「不、不然咧？」

「你認識她多久？」

「嗯⋯⋯」我想了想，「快四年了。」

家佑站起身，把窗戶拉開，對著窗外雙手合十拜了一下。我看著他突如其來的舉動，很是莫名其妙。

「幹嘛？」

「替你的好朋友祈禱。」

「你瘋了哦？」

家佑坐回位置上，自顧自地在椅子上搖來晃去。

「你腦海中的樂了，給你的印象只有活潑爽朗？」

「嗯⋯⋯」我抓抓頭，「還有很喜歡減肥。」

「你贏了。」

「我們在比賽什麼嗎？」我好奇地問。

「我真的拿你沒辦法。」家佑說，「你真的很蠢。不是普通蠢。」

「你才蠢咧！」

「不，你是豬頭、豬腦、豬心、豬肝、豬肺、豬腸、豬肚、豬尾巴、豬嘴巴。」

家佑一口氣說完一串話，「總共二十個字形容你，自己數數看。」

我一邊回想著剛剛他說的話，一邊伸出手指頭數著。

「看你有多蠢，還真的在數！」家佑大聲地說。

「我⋯⋯」我感到一陣氣憤，很想當場從他肚子踹下去。

「難怪你的眼睛只看到那樣的樂子。」

「不然你的眼睛看到怎樣的樂子？」我有點惱羞成怒。

「你啊……」

我眼中的樂子，是個很漂亮的女孩子。喜歡笑，而且有的時候會笑得很誇張。不熟悉的時候，她的話不多，那是因為她害怕跟陌生人相處。多半時候的她，總像個傻妞一樣，跟我開著玩笑。

這是我心中的樂子。我認識了很多年的她。

「你沒有看出來，她很寂寞？」家佑搖搖頭。

「寂寞？」寂寞怎麼看出來？

「看一個人的時候，要看她的表情。表情雖然可以騙人，例如有的人不想笑的時候，還是可以笑得出來，但是表情總有沒辦法瞞過別人的時候。」

「怎麼看？」

家佑把電腦銀幕關起來，面對著我對我笑。

「你仔細看一個人笑的時候，下巴的動作。」

「下巴？」

「對，當一個人真正開心的時候，下巴會很自然的蠕動。」

「蠕動是用來形容腸子吧？」我提出疑問。

「你管我，我喜歡用這樣的形容詞。」

「喔，然後呢？」

「眼睛。人的眼睛，是絕對沒有辦法騙人的。」

「你怎麼會知道這些？」我疑惑著。

「觀察出來的。」

我在腦中重複播放樂子說話時的神態，沒有辦法找到任何

端倪。我暗自覺得家佑在跟我胡說八道。

「那你怎麼看出來她很寂寞的？」我決定戳破他的謊言。

「我不是從她眼中看出來的。」

「那你不是廢話嗎？」

「小子，我是從你看她的表情看出來的。」

家佑打開電腦銀幕，繼續在鍵盤上練著他的一指神功。一指神功的速度快了不少，不像之前那樣笨拙。我呆在椅子上發呆了很久，手裡把玩著樂子的口罩。

「你在玩什麼？」家佑的聲音讓我嚇了一跳。

「這個喔……」我拿起口罩，「樂子的。」

「你真是變態。」

「我才沒有咧，是她寄放在我這裡的。」

我把跟樂了在師大女一舍前面的對話，告訴了家佑。家佑瞇著眼，不知道在想些什麼，接著轉過身去，繼續在鍵盤上遊走。

「家佑。」

「幹嘛？」

「沒事。」

我沒把口罩放在車箱裡頭，因為我覺得車箱不夠乾淨。口罩的外面是米色的，右下角繡了一隻熊。內裡是黑色的，應該是現在流行的口罩。

「家佑。」

「又幹嘛？」

「你說，我的表情裡面，你看到樂子很寂寞？」

「嗯。」

「為什麼？」

家佑兀自打著字，空氣中瀰漫著「搭、搭、搭」的打字聲。不知道過了幾分鐘，家佑回過頭看著我。

「這只是我的感覺而已，聽聽就好。」

「嗯。」

慢慢地，我學會了觀察別人的眼睛。只是錯過了太多，或者也錯過了最重要的部分。因為家佑的關係，我開始注意一些平常不會注意，甚至覺得無聊至極的東西，例如像是一個人說話的動作，說話的口氣。

還有，眼睛。

不知道是因為家佑的出現，才讓我改變；或者是因為我的改變，才讓家佑出現。上帝的安排總是很奇妙，讓人猜不透。

家佑，謝謝你。如果不是你，我不會發現這麼多有趣的東西。更感謝你的，是我的記性太差。

而你，讓我記住了很多東西。包括我應該忘記的。遊園會那天，雷旺參加了比賽，得到金牌。

「我差一點破了大會紀錄。」雷旺驕傲地向我炫耀。

「其他的參賽選手這麼差勁啊！」

「去你的。」

我心底很替雷旺開心。他總是一副自信滿滿的模樣，我想任何對手看到他，都一定會被他的氣勢震懾。不管是誰。

「很可惜你沒來園遊會。」我說。

「好玩嗎?」

「嗯,你又不是不知道,我們學校辣妹多。」

「啊呀,真是可惜。」雷旺扼腕。

「不過也還好你沒來,我被樂子砸水球,連內褲都濕了。」

「如果砸我的是樂子,我連胸口裡面的心都會濕。」

「你還真噁心。」

我沒有告訴他樂子放了一個口罩在我這裡的事。不知道為什麼,我覺得這種隱瞞很不好。翁婆婆說過,善意的隱瞞是好的,可是沒有任何的隱瞞是善意的。

雷旺告訴我,比賽結束當天,他把金牌送給了樂子。

「然後呢?」

「她就收下啦。」

「喔。」

雷旺敘述著那天的表情,好像討到了糖果的孩子一樣滿足。樂子接過雷旺的金牌,大大地讚賞了雷旺,並且要雷旺將它收回去。雷旺當然不肯。

「我比賽的時候,就打定主意如果得到金牌,要送給她。」雷旺開心地笑著。

後來樂子收下了金牌,說是「暫時替雷旺保管」。暫時是多久?沒有人知道,但是喜悅是可以感染很遠的。

在嘉義的文靜知道了這個消息,也非常的開心,直嚷嚷著要上來台北。可惜考試將近,我們都沒有辦法空出多餘的時

間。

　　面對著厚重的課本，密密麻麻的原文書，有時會有衝動把內頁撕得粉碎，全部把它吃下去。有的時候眞的頂不住了，會愚蠢地把課本放在枕頭下，希望睡覺的時候，課本的內容會自動自發地跑到腦袋瓜子裡頭。

　　而家佑總是一副好整以暇的模樣，在鍵盤上游走的手指從來沒停止過。他的打字速度越來越快，這就證明了「勤能補拙」這個道理。

　　「你才拙咧！」

　　家佑聽見我這麼說，大聲地反駁。

　　「我只是用成語形容而已。」我回應著，「爲什麼你都不怎麼看書？」

　　「我有看啊。」

　　「只看一下子而已，又跑去摸電腦。」

　　「大概看一看就可以了，反正又沒有要拿書卷獎。」

　　「你的記性眞好，看一下就可以記住，我很羨慕你。」

　　「你又沒有多笨，看書而已嘛，記下來就好啦！」

　　「看書是還好，可是很多東西，我都記不住。」

　　「那是因爲你腦袋裝辣椒醬，才會這麼健忘。」

　　「爲什麼是辣椒醬？」

　　「我喜歡這麼形容。」

　　家佑喜歡的形容詞，總是與眾不同。但有的時候令我難以接受。記得有一次，不知爲何跟他討論到旋轉木馬。啊！好像

是說到日本有迪士尼樂園吧！我覺得旋轉木馬只是很單純的，給小朋友玩的遊樂設施。他卻不這麼認為。

「這個遊樂設施太殘忍，應該列為限制級。」

「不是吧，那是給小孩子玩的！」

「你覺得適合嗎？」

「為什麼不適合？大家都坐在馬的上面，快樂地繞圈圈，很單純啊！」

「如果今天換作是你，你的身上插了一根人鐵棍，然後讓人騎著繞圈圈，你會感到快樂嗎？」

我從來沒想過這樣的問題，僅有單純的接受眼前看到的景象。小朋友喜歡玩這個遊戲，所以它就應該屬於小朋友。

家佑告訴我，我們都因為太多約定成俗的東西，讓我們的思考混沌。覺得這樣很單純，反而經過了多一層的思考，以及其他人告訴我們的印象。看一個事物，應該回歸最單純的角度，才會知道什麼是「自己認為對的」。

我們的價值觀，根本就操縱在別人的手裡。很不自由，就像被關在牢籠裡面一樣。我沒有辦法消化家佑的話，加上我眼前必須吸收的課本內容，還在跟我嘶吼，只好暫時把他的謬論放在一邊不去理會。

等到我征服了課本噁心的原文，難以下嚥的考題之後，我就從牢籠裡脫困。我的自由就這麼簡單。因為我不是旋轉木馬，也不會有人在我身上騎。

考完了計概（計算機概論）之後，我拖著疲憊的腦袋回到

寢室。家佑一派輕鬆自在的模樣令我好生羨慕。

「你都考完了？」我放下書本，對著家佑說。

「差不多了，剩下明天的國文報告。」

「都不必準備的嗎？」

「報告有什麼好準備的？上去講台隨便跟老師胡謅幾十分鐘就好了。」

「胡謅？你不怕被當？」

「怎麼可能，上台報告從來沒在怕的。」家佑得意地說，「只是書面報告就不一定了。」

「怎麼說？」

「很奇怪，我的報告每次不是分數特高，不然就是及格邊緣。」

「老師討厭你？」

「也不是，我想應該是因為每次我都寫得太與眾不同。」

我好奇地從他的桌上拿了國文報告來看，滿滿兩張A4的紙。我從第一行開始讀。

我論：現代文學與青年學子的相對論。

「喂，這個題目是你們老師定的？」

「不是，是在下定的。」

「喔。」

我繼續往下看。

「時下青年學子，總把文學放在學校的抽屜裡頭，遇到考試的時候便拿出來瀏覽強記，虛應故事之後便隨手拋棄。而自幼年以降，長者總諄諄教誨著我們不得隨手亂扔紙屑果皮。這樣的態度，不啻為公德心亡失之最佳寫照？於是，為學之前，我們必須培養做人做事的正確態度。」

看完了前面幾行，我感覺額頭冒汗。

「你確定這是你的國文報告？」

「沒錯，讚不絕口對吧！」

「我看你是真的視死如歸了。」

「是死烏龜？」

我不搭理他，繼續往下看下去。越看我是冷汗直流。

「常言道，為富不仁眾人得而誅之，而為文不彰，則小貓小狗搖頭離去。因此，文中仍需表彰自我之特性，突破先人之窠臼，始得美文也。然，現代文學無病呻吟者多，求一時之虛名，而忘文本之初衷。文本之初衷為何？不過精、氣、神三寶而已。所謂精者，乃文之內分泌，猶如貢丸湯之於炒米粉，啤酒之於下酒菜，不可須臾或缺！然氣者，如文之腎上腺。氣滿則文強。古人道，吾氣有一，以一敵七，吾何患焉！文之氣若強，則為文將如魚得水，如乞丐中了彩券，不亦快哉！神者，猶如孔明之於草船，周星馳之於少林足球，乃文之根本。文之神旺，孔明名流千秋，星爺日進斗金，可謂大寶也！有此三寶，則縱橫文壇，雖千萬人吾往矣！現今為文者，載道者少，沽名釣譽者眾。然會搓牌者名賭神，會打字者為作家。豈不可

笑之極致邪？現代文學，當避先人之所為，創後人之典範。勿以文淺而不寫，勿以騙錢而為之。循此，則青年學子皆為文，而賭神亦有後人也！」

我抬頭看了家佑一眼，他雙手環抱胸前，嘴角溢著化不開的笑意。我搖搖頭，把他的國文報告放回書桌上頭。

「現代文學跟賭神周潤發有什麼關係？」我不敢相信。

「為什麼沒有關係，都是現代的產物啊！」

「我現在知道，為什麼你的報告分數落差會這麼大。」

我躺到床上，閉上眼休息一下。接連幾日的熬夜讓我的精、氣、神消耗殆盡。想到精、氣、神，我不小心「噗哧」一聲笑了出來。

沒想到家佑的報告，讓我的印象這麼深刻。雖然整篇幾乎都在天馬行空胡說八道，但真的讓人印象深刻。

這個傢伙，以後不是懷才不遇，就會眾所矚目。不過我想，可以接受他怪異觀點的人，肯定腦子也有點不尋常。想著想著，朦朧之間聽到家佑叫喚著我的名字。

「你把我的名字念標準一點，念不標準很難聽。」

我坐起身，對著家佑大吼。

「你的電話。」

家佑把眼鏡摘下來，話筒放在桌上，隨即趴在桌上。我第一次在寢室接到電話。電話掛上的時候，「叩」的一聲。我下意識地回過頭，看著自己的肩膀。

我，有沒有翅膀？

第
6
樂
章

那裡美？得不到的總是最美。
我總希望我可以擁有一對翅膀，
飛到文靜的那個世界去。
只是我總也得不到。
我像極了落難的天使，跌到凡間，
忘了飛翔的感覺。

　　不知道從什麼時候開始，我低下頭好像總可以看見自己手中的水瓢。破洞的水瓢，隨著我不斷地往前走，水也不停地漏下。不知道終點究竟在哪裡，這些遺漏的水卻讓我手足無措。

　　早晨訓練的時候，我遠遠望著操場的另外一端。如果終點總是這麼顯而易見就好了。小柳看著我遲鈍的動作，從後頭用力拍了我的背一下。

　　「再發呆，你就有當不完的兵了。」

　　我轉頭過去對他苦笑。

　　「這真是天大的壞消息啊。」

　　五項檢查結束之後，是無聊煩悶的上課時間。聽著講台上的人說著沒有建設性的話，索然無味地差點打瞌睡。小柳在一旁，拿著上課的講義不知道畫著什麼東西。

　　「唷！你看！」小柳把講義遞到我眼前。

　　「什麼？」

　　小柳把台中說話的長官，畫成了一個穿著泳裝的美女，只是胸部的比例太過於誇張。但是也因為這樣，讓整個畫面看起來充滿了喜感，我忍不住掩著嘴笑。

　　「小聲一點，小心吃不完兜著走。」小柳警告我。

　　我點點頭，把講義上頭的泳裝美女，加上了一對翅膀。

　　「這樣比較美。」

　　小柳歪著嘴，一副不以為然的模樣，我沒多理會他。看著長著翅膀的泳裝美女，我忍不住笑了。

　　「哪裡美啊，拜託。」小柳低聲說著。

「很美。」

哪裡美？得不到的總是最美。

我總希望我可以擁有一對翅膀，飛到文靜的那個世界去。只是我總也得不到。我像極了落難的天使，跌到凡間，忘了飛翔的感覺。

下課以後，走到廁所去，小柳擋了兩根菸，翹著眉毛對我是意。我點點頭，一溜煙跟著竄進廁所裡頭，鎖上了門，拿出打火機。

「媽了個巴子，簡直悶的我快熟透了。」小柳吐著煙說。

「不就這個樣子！」我無奈地說。

學生時代總喜歡下課的時候，沒想到當了大頭兵，還是一樣。討厭上課是全世界所有學生的特權，而非得上無聊的課，則是所有學生的無奈。

我突然想起，家佑跟我說過。如果他當上老師，那麼他絕對不會讓學生上課打瞌睡。他自信滿滿地說著，好像就是眼前的事一樣。

我想，如果他是老師，我大概也不會打瞌睡吧！我大概會衝上前，直接打他兩巴掌，因為他太喜歡胡說八道。想著想著，我頭靠著牆，笑了起來。

「你是在抽菸，不是喀藥，幹嘛沒事笑成這樣？」小柳用手肘推了我一下。

「沒什麼，想起一個老朋友，實在相當有趣的一個傢伙。」

「我看你真的瘋了。」

　　熄了菸，走出門外。我跟小柳拚命地漱口洗手，想盡量降低身上的煙味。只是，有些味道一輩子都洗不掉。

　　廁所外頭的陽光刺眼，讓人眼睛差點睜不開。小柳伸著懶腰，回頭對著我說：「待會兒上課，找點樂子，不然會悶到發霉。」

　　我猛然一驚，一個踉蹌差點撲倒小柳。小柳用膝蓋頂了我肚子一下，瞪著我：「我學過鐵頭功，你小心點。」

　　我啞然失笑。

　　找樂子？那個時候，電話裡的文靜也這麼跟我說。

　　「在嘉義不快樂嗎？要上來台北找樂子。」我拿著話筒。

　　「不是，我是上去找樂子玩。」文靜的聲音笑著。

　　「喔喔，對哦。」

　　我不好意思地抓抓頭，可惜電話那頭的文靜看不到。

　　「你考完了？」

　　「我？」我回頭看了桌上的課本，「很遺憾的，還沒。」

　　「那我什麼時候上去呢？」

　　「什麼時候啊？應該都可以吧，下周我就考完了。」

　　「嗯。」

　　「妳打給樂子了？」

　　「嗯，是她告訴我你寢室的電話的。」

　　「喔。」

　　樂子總可以記住我的生日，電話，甚至學號。而我，甚至有時候還會搞錯自己的寢室號碼。

「我下個禮拜會上去，」文靜說著，「還有，小說看完了嗎？」

「小說？喔、喔，我……快看完了。」我看著趴在桌上的家佑。

「嗯，我會問你感想喔！」

「嗯，好、好。」

我趕緊把家佑搖醒，家佑抬起頭看了我一眼，又繼續趴在桌上。

「喂，醒醒啊。」

「不要啦。」家佑繼續趴著。

「我求你，趕快起來。」

「不要啦。」

「拜託你，我請你吃晚餐。」

這招對家佑果然見效，他迅速抬起頭，戴上眼鏡看著我。

「發生什麼事？」

「你那本藍色小天使還在不在？」

「藍色小天使？喔，我借給同學了。」

「哇，這下子糟糕了。」我用力晃了自己的頭，「馬上跟他拿回來可以嗎？」

「拜託，我才剛借他，而且現在正在考試，他一定還沒看完……」

「不管啦！」

我把文靜下周要上來台北，而且要抽查我對那本書的感想

告訴家佑。家佑聽了，把眼鏡拿下，「咚」地一聲又趴在桌上。

「你見死不救？」我壓低聲音。

「等你死之前，我一定會救你。」

「那就快點幫我想辦法啊！」

「笨蛋，」家佑抬起頭，「現在在考試，你有時間看嗎？」

「嗯……」我想了想，「應該沒有。」

「那就對啦，所以等她要上來之前，我再把感想告訴妳，你再轉述給她聽，這樣不就解決了？」

我思考了好一下子，點點頭。

「好像有點道理。」

「根本就是天理！」

我放下心，拍拍家佑的肩膀。

「好樣的，就知道你不會見死不救。」

「不會啦。」

越想越不對勁，過了一會兒我又拍拍他的肩膀。

「又幹嘛？」

「可是你的想法這麼奇怪，我怕文靜會不能接受。」

「簡單啊，那我就想一個比較平常一點的感想嘛。」

「哇喔，你還可以想出兩種版本的感想唷？」

「這很難嗎？」

家佑伸出食指，在我眼前左右搖擺了一下，彷彿我是大笨蛋一樣。我沒閒暇理會他這挑釁的動作，拿起厚重的原文書，倒回床上。希望家佑真的可以想出比較正常的感想。畢竟，我

是正常人，跟他這個怪人不一樣。

翻著原文書，腦中「兩個感想」四個字不斷跑來跑去。兩個感想拼成一對，就好像左手跟右手一樣。或者像筷子，或者像鞋子、襪子。

我不斷訓練自己的想像力，希望自己可以跟家佑一樣，腦筋動得快，總有別出心裁的怪異想法。一對，成雙成對。我想到了跟雷旺排隊買給樂子的玩偶。然後，我想到了背後的翅膀。

文靜上來台北，正好是考試結束的那周。考完最後一個科目之後，我興奮地把厚厚的原文書扔上天空。這個舉動對我而言只是單純的發洩，看著原文書在空中以拋物線的姿態掉落地面上之後，我搖搖頭，還是得將它沾上的灰塵拍乾淨。

許久不見的文靜，把頭髮留長了，一身粉紅色的她看起來沒有多大的改變。原本要親自到火車站迎接她，不過我的騎車功力有待加強，最後還是打消了主意。

「好久不見了。」

看到了文靜，我第一句台詞老套的讓人難過。

「正確來說已經將近半年了。」

「這麼久了？」

我帶著文靜在學校逛著。文靜的臉上洋溢著微笑，好像夏天的陽光一樣。通常一般人會用冬天的陽光來形容溫暖的感覺，但是我並不喜歡這樣。也許我喜歡夏天的陽光，又或者，我被家佑影響了也不一定。

　　我走在文靜的前面，跟她介紹著學校裡的地標。每當我一開口說話，文靜就會小跑步到我的跟前，抬起頭仔細聆聽著。走到了情人坡前，我回過頭看著文靜。

　　「妳跑步的樣子很可愛。」我笑著說。

　　「什麼很可愛？」

　　「我感覺好像在校外教學，而妳是認真的學生，我一開口，妳就會趕緊跑上前來專心聽課。」

　　「我比較像老師吧！」

　　「可是妳的身材，比較像國中生。」

　　文靜吐舌頭對我扮了個鬼臉。

　　「你好像有點不一樣了。」

　　往校門口走的時候，文靜這麼對我說。

　　「不一樣？」我抓抓頭。

　　「嗯。」文靜點點頭，「對了，你還繼續碰音樂嗎？」

　　「我……很久沒有摸了。」

　　我的小喇叭放在家裡，沒有跟著我上來台北。也許我在宿舍露一手，會讓家佑嚇一跳。當然也有可能被他踹出寢室。因為太吵了。

　　「現在的你，比之前適合音樂。」文靜對我說。

　　「會嗎？怎麼說呢？」

　　「不知道怎麼形容。」

　　我找了間快餐店，點了兩個排骨飯。

　　「有點寒酸，實在不好意思。」

「不會啊，我不是專程北上吃美食的。」

文靜笑著：

「你可以開始了。」

我差點把排骨從鼻孔裡頭排出來，驚慌地看著文靜：

「開始什麼？」

「說、感、想。」

「噢。」

我把家佑事先替我準備好的感想，大致上說了出來。也許是因為家佑的國文報告，我無意間總會蹦出幾句「因為賭神只有一個，所以美好的愛情通常不會屬於我們」這種毫無意義的話。

文靜手撐著下巴，微笑看著我。我只能用傻笑回應著她，等著她的評論。

「為什麼你覺得把女主角比喻成蝴蝶，是這本書的敗筆呢？」

「啊？這個……」我怎麼知道，那是家佑說的。

「我很好奇唷。」

「因為、因為我們是蝴蝶應該是很開心的，會成群結隊到祕密基地去。」

我臨時胡謅：「所以蝴蝶應該是快樂的代名詞，不是悲情。」

文靜對著我豎起大拇指：

「好棒的說法，果然現在很適合音樂。」

「爲什麼？」

「因爲你終於不再那麼理性地分析了啊。」

其實我還是理性的，文靜。如果不是因爲理性，我怎會始終無法找到我的翅膀？

「啊，我忘了把書拿給妳了。」我拍了拍腦袋。

「沒有關係，不要緊的。」

「下次想到再拿給妳。」

「好。」

送文靜到到師大找樂子的時候，我在校門口碰見了家佑。他坐在摩托車上，叼著菸發呆。

「家佑！」我喊著。

「喲！去哪了啊？」

我走到他的摩托車前面，刺鼻的煙味讓我不舒服。

「這是文靜，我的朋友。」我對著家佑說。

「這個是家佑，我的室友。」我對著文靜介紹。

「妳好，久仰大名。」家佑伸出手。

「你好，爲什麼會久仰？」文靜跟家佑握了手。

「呃……這是客套話。」家佑咧著嘴笑。

我白了家佑一眼，文靜在一旁掩著嘴笑了起來。

「要去哪裡？」我問家佑。

「該死的聯誼。」家佑回答我。

「這麼棒！好羨慕啊！」

「有什麼好羨慕的，像你不必聯誼都有女孩子陪吃飯，不

是特好？」

「別亂說。」我說，「要去哪裡玩啊？」

「不知道，總之不是看夜景就是去唱歌。」

「好好玩啊。」

「下次再找你吧！」

「這個……」我尷尬地看了文靜一眼，「再研究，再研究。」

文靜走在我身後兩步的距離，準備往學校裡頭走去。不知道什麼原因，我沒有開心的一口答應家佑的邀約。好像心裡哽著什麼一樣。

文靜從我的後面小跑步跟上，在我身旁走著。也許是身材的關係，過了一下文靜又落在我身後，接著又小跑步跟著。我放慢腳步，回過頭看著文靜。

「妳跑步的樣子真的很好玩。」我說。

「你又沒玩過！」文靜生氣地嘟著嘴。

「妳幹嘛跑來跑去的？」

「我哪裡跑來跑去，我只是加快速度而已。」

「妳可以要我走慢一點，我會等妳。」

「腿長不要這麼得意。」文靜瞪了我一眼。

我笑著放慢了腳步，讓文靜可以跟在我的身邊。也許因為我性子急，所以邁出去的步伐總會比一般人快上一點。

「嘿。」文靜叫住我。

「嗯？」

我停下腳步，回過頭看著她。

她指了指自己的腦袋問我：

「你知道爲什麼我會一直跑來跑去嗎？」

「妳哪有跑來跑去，妳只是加快速度而已。」我笑著。

「呵呵，也對。」文靜吐著舌頭。

「我不知道。」

「喔。」

文靜繼續走，留我呆在原地。我從後頭跟上文靜，走到她的身邊。

「妳還沒告訴我。」

「這次換你從後面追我了。」文靜笑著。

「好無聊哦妳。」我抓抓頭。

「從後面看著我的感覺怎樣？」

「嗯……覺得妳頭髮留長了。」

「還有呢？」

「我想不到。」

傍晚，學校裡的學生三兩成群。考試結束之後，大家似乎都計畫著要大玩特玩。北部的風有點涼意，文靜拉著外套，縮著身體。

「我只說一次喔，」文靜伸出食指，「不可以忘記。」

「好。」

「當我走在前面，我看不到你，覺得你追不上我；而當我走在你身後，我覺得完蛋了，因爲我追不上你。」

文靜的表情，像在教堂祈禱的教徒一樣，沒有一絲波動。

「啊？」

「就是這樣囉。」

「就這樣？」

「沒錯。」文靜抬著下巴，「因為我的腿沒有你長。」

「原來是這樣啊！」我笑了。

我傻傻地跟著文靜一起笑，總覺得文靜變得幽默了許多。原來人的變化，是在不知不覺間的。

趁著天還沒黑，我把握時間送文靜到樂子那裡。雖然女生可以進男生宿舍，但是這是不能公開的祕密，而我也覺得這樣很奇怪。走往停車場的路上，我刻意地放慢了腳步，注意文靜在我的哪個方位。

如果我稍微領先了，我會巧妙的退後一點。而當我不小心落後的時候，我也會迅速的跟上。文靜粉紅色的外套，在傍晚的陽光下，顯得亮眼。

當我落後得看不見終點的時候，我總會想起這天下午，文靜粉紅色的外衣。而文靜，總會在原地等著我。即使有翅膀的她，總可以飛得很快，很遠。

隔天傍晚左右，我跟雷旺一起到樂子那裡去接她們。等我們到了師大，路燈已經亮起，樂子跟文靜坐在女一舍前的階梯上。也許因為天氣轉涼的關係，樂子跟文靜的臉都被風吹的紅撲撲的。

文靜難得北上，所以大夥兒決定做一點新鮮特別的事。我

期待了很久，沒想到所謂的「新鮮特別」，不過就是到雷旺的學校，參加他們的夜烤大會。雷旺的同學，每個都很特別。

令我印象最深刻的，是一個叫做「萬德佛」的傢伙。聽說他會被叫做萬德佛，是因為他的英文名字，就是 Wonderful。他趁著大家烤肉的時候，在烤肉架四周繞著圓圈，開始跳舞。

他說，這是「不死火鳥的求偶舞」，大家看了之後笑個不停。唯一臉上沒有微笑的，是文靜。我看著文靜一臉難過的樣子，關心地詢問。

「妳還好吧？」我拍拍她。

「怎麼了？」樂子也湊上前關心。

「我……」文靜欲言又止。

「是不是吃壞肚子了？」雷旺問。

「我好像暈車了。」文靜低著頭。

我瞪大了眼睛，而雷旺將嘴裡的烤肉噴了出來，捧著肚子大笑。樂子踹了雷旺一腳，安慰地拍拍文靜。

「坐摩托車也會暈車喔？」我驚訝著。

「我怎麼知道？」文靜低聲說著。

「天啊，文靜妳真的太爆笑了。」雷旺大笑。

「雷旺你怎麼這麼壞啊！」樂子瞪了雷旺一眼，「這麼丟臉的事，我不會告訴別人的。」

樂子一說完，原本眉頭糾結的文靜，也「噗哧」一聲笑了出來。

「樂子，妳也很壞好不好。」我在一旁答腔。

「啦啦啦……我好壞！」樂子吐著舌。

「要不要緊？」雷旺收住笑聲看著文靜。

「還可以。」

萬德佛還在跳著詭異的「不死火鳥求偶舞」，場上有更多的人一起同樂。我拍拍文靜，指了指萬德佛那群人：

「看他們跳舞，應該會暫時忘了暈車的感覺。」

說到暈車兩個字的時候，雷旺拚命地忍住笑，樂子則別過頭去偷笑。我無奈地搖搖頭，對文靜苦笑。

「嗯。」文靜擠出微笑對著我點點頭。

雷旺的同學滿場飛奔，文靜原本難看的臉色也漸漸舒緩。過了好一下子，萬德佛走到文靜前面，拿了一個白色的藥丸。

「這是暈車藥，旺來要我拿給妳的。」旺來就是雷旺的綽號。

「這個……」文靜看著眼前的藥丸猶豫著。

「先收著吧，有需要的時候記得吃。」

文靜點點頭，看著正在隔好幾公尺的雷旺。雷旺轉過身，對著文靜揮揮手。

熱鬧的時光總讓人不自覺地感染快樂的氣氛。而快樂總是短暫的。大家都吃飽了之後，分成好幾個小團體閒聊著。我跟樂子、文靜坐在原地，看著眼前熱鬧過後的景象，不發一語。萬德佛三不五時會到我們前面說說冷笑話，我跟樂子都會象徵性地笑一笑。我不知道雷旺上哪兒去，不見人影。

過了不知道多久，大家突然安靜了下來，就像上課鐘聲

響，老師走進教室一樣。我好奇地伸長了脖子，發現萬德佛拿著擴音器。

「各位同學，大家晚安，大家早。」

說完第一句話，全場爆起了笑聲。

「我不敢保證今天烤肉的味道，但是我可以確定三十分鐘之內，大家應該還不至於搶廁所。廁所在各位的左手邊，好，大家不必急著往那邊看，因為，廁所全部的門，都被我給鎖起來了。」

我笑著看著說話的萬德佛，樂子拍了我一下，提醒我把嘴巴閉上。我聳聳肩，發覺自己的拙樣有些不好意思。

「今天，我們很有榮幸，也何其不幸，有最後一個表演活動。大家仔細看左手邊，如果活動表演結束，有任何不適，記得跑快一點。」

萬德佛示意全場安靜，大家左顧右盼地期待著接下來的表演。

「我們掌聲歡迎，雷旺替我們帶來的表演！」

全場響起了掌聲，我瞪大眼睛張開嘴巴，不敢相信。樂子也一副驚嚇過度的模樣，而文靜則顧不得不舒服，挺起身子。

雷旺還是那個自信滿滿的模樣，站得直挺挺的，對著左右點頭示意。隨後從褲子口袋裡，掏出了口琴。我頭皮一陣發麻，看著眼前難以置信的景象。

安靜的像聽得到貓的腳步聲，雷旺緩緩將口琴湊到嘴邊。昏暗的燈光下，銀亮亮的口琴反射出的光線，讓我眼睛微閉。

　　那是我熟悉的旋律，只是這次，雷旺不再像第一次那樣生疏。一樣是慢板，聽起來很沉重。聲音柔和地傾洩而出，像微風一樣輕柔。

　　我掉進了這旋律的洞裡，從洞裡看出去，樂子微咬著下唇。眉頭深鎖的她，好像在雷旺的口琴聲中悲傷。文靜表情認真地聆聽，好像害怕錯過任何一個音符一樣。

　　我很用力。我把旋律音階刻在我的腦海裡，這個聲音讓我感覺很遙遠，又很靠近。仔仔細細，我不想遺漏任何地方，包括雷旺吹奏時的神情。

　　雷旺號角停止以後，全場維持了大約十秒鐘的安靜。然後熱烈的掌聲下，雷旺鞠躬。

　　「我們感謝雷旺替我們帶來的催吐曲，非常感謝大家今晚的捧場……」

　　萬德佛繼續拿著擴音器說話，雷旺緩緩地走向我們。

　　「怎麼樣？」雷旺露出了白牙。

　　「有進步，有進步。」我笑著。

　　「你好厲害啊！」文靜說。

　　樂子偏著頭，對著雷旺笑。雷旺朝旁邊一屁股坐了下來，對著樂子說：「還過得去吧？」

　　「很棒啊！沒想到你這麼有天份。」樂子笑著說。

　　「還可以囉。」

　　「這是什麼曲子呢？」

　　「這個……這個叫做『我們的歌』。」

「我們的歌？誰寫的？」樂子皺著眉頭思考。

「我、我寫的。」

樂子對雷旺笑了笑，拍著手。雷旺不好意思地抓抓頭，我推了他腦袋一下。雷旺沒有點明，這首歌是為了樂子而寫的。如果有，樂子會不會很感動呢？

我不知道。我無法從樂子的表情中判斷出來，即使家佑教我，從下巴跟眼睛判斷。

耳邊迴響著雷旺的號角聲，我們必須趕在女一舍關門之前回到師大。樂子坐上雷旺的摩托車，我不自覺地注意了樂子的手。沒有抱著雷旺。

文靜坐上我的車之前，樂子提醒她先吃暈車藥。文靜面有難色地看著樂子，搖搖頭。

「怎麼？」樂子問。

「我……」文靜低下頭。

「不吃的話，會暈車喔。」我接著說。

「我不會吞藥。」

「很簡單的，妳喝一口水，跟著水一起吞下去就可以了。」樂子說。

我幫文靜把礦泉水瓶蓋扭開，文靜捏著藥丸，仰起頭。接著喝了一口水，把藥丸放進口中。

雷旺的號角聲，是快樂的聲音。可是快樂的聲音出現，總會有悲傷的畫面。好像是註定的一樣。

而這一次，也許是唯一的一次，沒有吹起悲傷的風。只

是，不會吞藥的文靜，在喝下那一口礦泉水之後，噎著了。原本暈車都沒有吐的她「嘩啦」一聲。

吐了。也許對文靜來說，這是悲傷的一天。

我騎在雷旺與樂子後頭，山路蜿蜒。停下車等紅燈的時候，我總會注意樂子的手。當我看見樂子的手放在自己的大腿上，我總會鬆一口氣。然後回過頭，我總以為會看見，文靜的翅膀。

我在寢室模仿萬德佛的「不死火鳥求偶舞」給家佑看，可惜他似乎完全提不起興致的模樣。我賣力地表演著，但他不屑一顧的表情讓我很受傷。

我氣喘吁吁，感覺自己像發情的母狗一樣。而家佑則像更年期的公狗，正眼都不瞧我一下。

「你跳起來不像不死火鳥，比較像垂死爛鳥。」家佑說。

「你還像找死爛鳥咧！」

我氣憤地說著。

這兩天下來，好像把自己從眼前的世界拔出來，放回過去一樣。我一樣跟著雷旺打鬧，雖然少了噴子德。熟悉的味道讓我總可以想起一些音符，可惜我並沒有將小喇叭帶在身邊。

我有多久沒有摸過音樂？連我自己都忘了。

「那天聯誼好玩嗎？」我找不到話題，隨便問。

「那天？」家佑打著哈欠，「不好玩。」

「怎麼說？」

「你覺得我是很有趣的人嗎？」

「你？」我想了想，「你是把低級當有趣的人。」

家佑送我一隻中指。

「總之，聯誼的女孩子把我當成小丑，讓我很不滿。」

「長得如何？」

「你猜。」

家佑低下頭，繼續在鍵盤上面遊蕩。我搞不懂為何有人可以整天摸著電腦。

我一度以為家佑喜歡玩線上遊戲，整天掛著網路跟人遊戰。很久以後，我才知道他從來不玩任何遊戲。只是很純粹地遊走在虛擬的世界裡頭，做著一般人不會做的事。

文靜回嘉義之前，大老遠地從師大坐車到學校來找我。我在宿舍前看到文靜，已經從粉紅色換成淡淡的藍色。

「怎麼會繞到這裡？」我好奇。

「沒什麼。」

「不會……不會要拿妳的書吧！」

「沒有，我不急。」

我跟文靜在校園隨意地走著，甚至很多地方是我不曾經過的。天南地北地聊著，她說著學校發生的事的時候，我只是靜靜地聽。而我跟她敘述家佑這個人的時候，她總是笑得很燦爛。

「我差不多要離開了。」

文靜拎著背包，笑著對我說。

「啊，妳還要趕火車喔，我都忘了。」

「謝謝你。」

「謝我什麼？」

「謝謝你陪我聊天啊！」

「這又沒什麼。」我笑著。

走回校門口的路上，我伸過手去，幫文靜拎著背包。

「謝謝你。」

「我又不是爲了讓妳謝我才幫妳拿的。」

「眞的很謝謝你呀！」文靜說，「眞的。」

「好了，我知道我姓謝，不必一直重複。」

到了校門口，我把文靜的背包遞回給她。她要我稍等一會兒，我傻愣愣地點點頭。

「這個。」文靜拿著一個青色的東西給我。

「這是什麼？」我拿起來瞧了一下。

是車票。上頭蓋著台北火車站的章，還有文靜北上那天的日期。

「這個要給我？」

「不是。」

文靜低下頭，從小背包裡頭拿了枝筆，遞給我。我接過之後，不知所措地發呆。

「你可以在車票的背面，幫我寫點東西嗎？」

「寫點東西？寫些什麼呢？」

「嗯……就寫你的感想啊，這兩天的事，都可以的。」

「這個……」我很希望家佑在我身邊：

「這個應該拿給樂子比較妥當。」

「下次吧,下次換樂子寫。」

我想了好久好久,腦筋卻一片空白。我差點習慣性地咬著筆桿,驚覺這是文靜的筆,於是把嘴巴張開。

樂子看著我滑稽的模樣,掩著嘴笑著。我不好意思地用筆點著自己的頭,尷尬地笑著。

差不多一個世紀這麼久的時間,我還是一片空白。也許我不是一個感性的人,總做不出感性的事。我想在上頭寫著「一帆風順」,又覺得太老套。想寫上「馬到成功」,可惜文靜是坐火車回嘉義,不是騎馬。

文靜坐上公車,趕往火車站。上車之前,她在公車上對我招手,我走向前去。我瞪大眼睛看著文靜,文靜吃力地把公車的窗戶打開。

「什麼事?」我抬著頭問。

「沒有啊,我只是跟你說再見。」

「妳說再見怎麼會是招手?」

「嗯?」

「正常人說再見,應該都是揮手才對的啊。」

「雖然要說再見,但是希望可以很快就見面,當然要招手,而不是揮手啊。」

文靜側著頭:「把再見揮手,把想見的人招過來。」

我笑著,學著她招著手說再見。

回到寢室,我用左手招著手,用右手揮著手。我想分辨兩

者之間決定性的差異。當我左手招手的時候，右手會很不聽話地跟著招手。當我右手揮手的時候，左手則停止招手，跟著右手一起揮。

　　試了幾次之後，我覺得手臂很痠。

　　「你的手脫臼了？」家佑問我。

　　「沒有。」

　　「那你在幹嘛？」

　　「我在練習說再見的時候招手。」

　　家佑沒有搭理我。過了一下，我覺得無聊，於是湊上前去看著家佑的電腦。家佑在一片黑色的背景下，一個字一個字敲打著。我看著他打的內容，好像看到他的國文報告一樣。

　　「你在寫什麼？」我好奇地問。

　　「我在放屁。」家佑一個字一個字回答我。

　　「這是什麼內容啊！髒話一堆。」

　　「這是紀錄，我把我的生活點滴記錄下來。」

　　「粗話應該不必吧！」

　　「粗話才是最重要的部分啊！」

　　「你要把這些東西放到網路上？」

　　「有機會的話。」

　　「這麼粗鄙下流，毫無營養的東西……」

　　「如果為了讓人看到，而隱瞞了自己最真實的一面，這樣對嗎？你說說看啊！」

　　「這樣說起來也有道理啦，可是你也稍微修飾一下。」

家佑轉過頭看著我，又把中指送給了我。

「這叫做中指僵直症，記住喔。」

「我記這些東西幹嘛！」

我記住了這個名詞，「中指僵直症」。

我覺得，腦袋裡裝滿辣椒醬的，應該是他，不是我。不管多久以後，我都這麼認為。

除了這個名詞之外，我也把我寫在車票上，送給文靜的話，刻在腦海裡。我不會忘記，因為我答應了文靜不可以忘記。

「妳走在我前面，我會追上妳。因為我的腿長。

妳走在我後面，我會停下等妳。雖然妳的腿短。

如果走在一起，那妳放心，我們一起到祕密基地。」

第
7
樂
章

大三那一年的聖誕節，

我覺得自己好像突然長大了。

很多不懂的事，在一夜之間了解了。

到那個時候，我才知道什麼是下雨天的蝴蝶。

而我們的祕密基地，就是鬼屋

熄燈之後，我躺在床上。窗戶透進來微弱的星光，我伸出我的手，拚命地往前伸。好希望我的手就這樣不斷拉長，一直到碰到對岸為止。

　　小柳在隔壁盯著我，透過星光，從他的眼裡看的見清澈的海洋。我收回了手，送給他一隻中指。我跟家佑學的。

　　所幸熄燈之後不能說話，我想此刻的小柳一定很想給我一個過肩摔。很慢，一天一天這樣子過。總深信日子飛奔的速度我們趕不上，卻沒想到也有等不及的這天。

　　我想到大一的第一個寒假，我也是這麼迫不及待地想離開學校。我心裡唯一的念頭，是回到家打開小喇叭的盒子，好好把它擦拭乾淨。我想趕緊到後山去找翁婆婆，告訴她我認識了一個怪傢伙。我想吃幾個翁婆婆的番石榴，北部的水果少了一點太陽的味道。

　　我跟樂子結伴，搭乘火車回高雄。雷旺寒假必須集訓，但是他跟我約定了，會想盡辦法提早回高雄。我忘了在火車上跟樂子說些什麼，只知道即將回家的我們，臉上都帶著微笑。那個時候的時間是過得飛快的。好像一轉眼，大學就開始，也很快地就要結束。

　　火車沿著軌道往南前進。我們來回在這條軌道上，走過我們的青春。只要一有時間，不是在家裡大吃特吃，就是到鬼屋閒晃。即使冬天，仍舊比不上北部的冷冽。過年之前，雷旺總算回到高雄。

　　我們在小年夜那天晚上，到翁婆婆的鬼屋拜早年。印象中

我們約好了一起穿著紅色的衣服，想給翁婆婆討個喜氣。婆婆留我們下來吃晚餐，那天的菜色我忘了。

但是記憶猶新的，我們陪著翁婆婆聊天到深夜，翁婆婆很少這麼晚睡。不只我們，翁婆婆也顯得很開心，總在說話的時候，會摸摸我們的頭。翁婆婆摸著我的頭時，手掌心是炙熱的。

我們一個人領了一個紅包，即使大家都不敢拿。我們心裡清楚，這是翁婆婆做加工，一個一個掙來的錢。我們拿走了紅包討個喜氣，把裡頭紅色的五百元新鈔交還給翁婆婆。

不管到了什麼地方，我只要想起翁婆婆臉上的皺紋，笑起來幾乎沒有牙齒的樣子，都會感到溫暖。

我調到東引的時候，冬天會讓人連站衛兵都忍不住發抖。我只要一想到翁婆婆的手，就會全身熱呼呼。好像裝了個隨身暖爐一樣，不管再大的風，我都不畏懼。對於從小在南部長大的我來說，我甚至不敢相信台灣有這麼冷的地方。除了第一次到阿里山看日出之外。

寒假剩下沒幾天的時候，我們閒得發霉。最後討論出來，希望可以好好慶祝元宵節。元宵節是吃元宵的時候，也是提燈籠逛大街的時候。

所以雷旺提議，我們到阿里山上提燈籠，賞日出。

「這會不會太瘋狂了一點？」我提出質疑。

樂子搖搖頭：「不可能，我們沒辦法上山。」

「為什麼？」雷旺說。

「因為我們根本不知道怎麼去啊！」我說。

「文靜，文靜在嘉義讀書，一定知道怎麼去。」雷旺掙扎著。

「可是……我會暈車。」文靜小聲的說。

雷旺總是不畏艱難，即使眼前困難重重，艱困異常。他確認了阿里山的路程，說服了文靜在出發前吞暈車藥。最後終於達成共識。

只要文靜一不舒服，計畫立刻取消。

我們買了四個燈籠，放在我的車箱裡頭。我跟雷旺輪流載文靜，因為必須提高警覺。一個閃失，計畫就泡湯了。

我記得一開始我先載樂子，我把樂子寄放在我這裡的口罩拿給她。我很用心的照顧這個口罩，連一點點灰塵都沒有。雖然我騎車載人的經驗不多，但是路上的車少，我們可以一邊聊天，一邊前往目的地。

只記得凌晨出發，騎了很久很久的時間。很久很久，久得中途不得不停下來休息三次。而幸好文靜沒有暈車，所以時間沒有拖得更久。剛開始停車休息，我們還有說有笑。之後，我們開始抱怨雷旺的爛提議。坐得屁股都快抽筋，大腿都快麻痺了，還沒有看到任何跟阿里山有關的路標。

我冷得直發抖，手指頭只要輕輕一敲，就馬上會碎掉一樣。等紅燈的時候，我不停朝著雙手呵氣，希望可以暖和一些。

「這個給你用。」文靜遞給我一副手套。

「不必了，妳用就好。」

「沒關係，」文靜把雙手放在我跟她的大腿之間，「這樣子我的手就不冷了。」

我戴起文靜粉紅色的手套，手指還是一樣僵硬麻痺。只是手套傳來一陣一陣的溫度，慢慢地，我的手不再冷得難受。到達梅山之後，我們決定變更計畫。阿里山實在太遠了，我們沒辦法這樣騎車上去。於是我們找了一家旅館，在附近停下車。

「我的腰好像快不行了……」樂子嘟著嘴。

「不要碰我的手，會碎掉。」我對著雷旺大喊。

「妳還可以嗎？」樂子問文靜。

「嗯。」文靜搓著雙手。

雷旺拿出了準備的燈籠，把我們叫了過去。我們一邊想盡辦法取暖，一邊等著雷旺把燈籠點著。

「嗯，動作快一點。」我催促著。

「你在發什麼呆？」樂子問雷旺。

「我、我沒有帶打火機。」

我們在摩托車附近的路邊，坐著發呆。騎了好久，好遠的一段路，結果忘了帶打火機。我們哭喪著臉，覺得自己好像笨蛋一樣。

後來我們提著沒有蠟燭的燈籠，在附近像笨蛋一樣走著。真令人想哭。現在回想起來，還有那麼一點點感覺。如果不是這麼特別的情況，我想我大概也記不住吧！那大概是我這輩子騎車騎最遠的一次。我躺在床上，隔壁的小柳已經傳來打呼聲。下舖的人，正說著夢話。

　　我伸出我的手，用力往前，往前。也許，我會這樣騎著，騎到那一年那個時候的我的面前。告訴那個我，應該好好珍惜。

　　升上大二之後，我的生活依舊充滿了一堆邏輯。經濟學需要靠邏輯思考，生活上也是。日子像彈弓裡的石頭，「咻、咻、咻」地快速往目標發射。而所謂的目標，只是過著當下的生活而已。

　　樂子從女一舍搬到女一分舍，差別並不大。還是一樣有霸佔著寢電跟男友親熱的室友，也有喜歡把內衣到處晾的人。最好笑的是，樂子還是睡在A床，證明老天爺不會作弊。

　　女一舍與女一分舍最大的不同，在於女一分舍是跟男生宿舍同一棟。中間隔了起來，雖然在同一棟，卻有兩個世界。就好像在了男女之間放了一個平面，無論如何都沒辦法穿越。

　　男女之間，本來就有一個無窮遠的平面分隔著。不管怎麼努力，男人永遠沒辦法突破那個平面，清楚地知道女人心裡想著什麼。

　　只是現實總可以突破理論。

　　樂子告訴我，女一分舍三樓到四樓交界的地方，並沒有完全封死。中間只有一道鐵柵欄隔著，可以聽到對方說話，也可以看到對方。如果男女朋友同住在宿舍裡頭，可以在那個地方聊天。雖然樂子這麼告訴我，但我始終覺得那不叫做聊天，而是探監。

　　偶爾我到師大找樂子，總會好奇地問她，有沒有在那個地方跟人聊天過。

「當然沒有,我才不會幹這種蠢事。」樂子回答我。

「妳這麼沒有身價?」

「才不是呢,是我太高不可攀。」

「真的是這樣?」

「當然啊,你以為我為什麼會變胖?」

「被打腫的?」

樂子敲了我的頭一下:「因為每天有吃不完的消夜。」

「真的?那很厲害喔。」

「那當然。」樂子得意的翹著嘴。

　　我跟樂子走在師大的日光大道上,偶爾有她的同學經過,樂子總會笑著跟他們打招呼。有的時候停下來說一兩句,感覺的出來樂子人緣很不錯。

　　每個人看到我,都會對我笑,有的甚至會跟我說上一兩句話。我總會不好意思地抓抓頭,不知所措地隨便答著話。後來甚至因為太過恐懼,每次只要有她的同學經過,我不是離她一段距離,就是偏過頭去看著路邊的樹。

　　日光大道不到五分鐘的路程,總是一下子就走完。有的時候心情煩悶,會跟樂子一次又一次來回地走著。期末中考之前,日光大道的人少了許多。每個人都匆匆忙忙。似乎每個學校都是如此。連雷旺的學校也不例外。

　　雷旺終於破了八百公尺全國紀錄,獎牌我是從樂子那裡看到的。黃澄澄的金牌,好像日光大道的太陽一樣。

　　「他總共放了五面金牌在我這裡。」樂子說。

「他真是一個厲害的傢伙。」

「除了這五面金牌，好像還有不少獎牌。」

「真的？我一直以為他永遠都只會拿金牌而已。」

樂子對著我笑了笑，風掃亂了她的頭髮，她舉起手撥了撥頭髮，讓我看傻了眼。不知道是什麼時候開始，樂子變得成熟。印象中的那個女孩，不知不覺變成了大人。

「他……」我猶豫了一下。

「誰？」

「我說雷旺。」

「怎麼？」

「他真的對妳很用心。」

「我知道。」

樂子別過頭，朝著前面繼續走。我從後頭跟上，藉由風的力量，聞到了樂子身上的味道。還是跟以前一樣。那個會從椅子下，拿打火機燒我褲子的樂子。

雷旺比以前更為忙碌。除了練習、比賽之外，他還參加了學校的學聯會。聽說打算競選主席還是會長的。偶爾看到他，總還是老樣子，臉上掛著永遠不會消失的自信。五句話裡頭，一定有三句話是蠢話。

「你如果當上學聯會的主席，學校可能會大亂。」我告訴雷旺。

「怎麼會呢？看我玉樹臨風的樣子，就知道我會把學校導向正途。」

「還眞的一點也看不出來！」

「囉唆，學校就需要我這種有抱負的青年才俊，領導大家走向光明的大道。」

「會墮入萬丈深淵吧！」

「你也知道，從莫札特寫下哈利波特之後，再也沒有像我這種天才了。」

「哈利波特是莫札特寫的喔？」

「我大概是從他之後，最偉大的人物了。」雷旺完全沉浸在自己的世界中。

各自習慣了自己的生活之後，我們分享著彼此生活中的點滴。雷旺偷偷告訴我，他還是不停地練習著口琴，希望有一天，樂子會發現，他是學音樂的。學音樂的？什麼時候開始，我已經離開了那個世界。那個音樂的世界。我徬徨著。

然而對於課本，我無法徬徨。就算怎麼厭倦，我還是面對充滿了危機的微積分，充滿了不合理的市場供需平衡，以及永遠讀不完的原文課本。

有時候心情煩躁，我會走到家佑面前，送他一根中指。家佑是個有禮貌的好青年，很會舉一反三。於是他會還我三根。

他在寢室抽著菸的時候，總是會瞪著我。好像抽菸的人是我一樣。我才發覺，其實他的話並不多，有的時候習慣沉默發呆。

他的沉默跟雷旺有點不一樣。雷旺不說話的時候很有爆炸力，好像隱藏著不知道多少的能量。我想了想，雷旺的沉默像

在吶喊。對著海邊，弓著身體大聲喊叫。

家佑的沉默，則像是不斷把東西往身體裡頭放進去。沒有雷旺般的爆炸力，卻感覺得出來家佑身體裡，有著很多很多的話。然而他選擇將這些話，對著一個小小的瓶子說。壓低聲音，小聲地呢喃。

有一陣子，我的分組報告以及專題毫無頭緒，我煩悶地像個無頭蒼蠅一樣在寢室走來走去。家佑看到我的模樣，會把我叫到他的電腦前面，打開不知道什麼檔案給我看。裡面寫著密密麻麻的一堆字，剛開始看了差點昏倒。

裡面的內容很有趣，煩悶的時候看了，會讓心情好轉。雖然有的時候過分低級，但是真的讓我會心一笑。我很好奇，為什麼他會寫這種東西。

「無聊吧。」家佑回答我。

「時間這麼多……」

「至少很有意義吧。」

「什麼意義？」

「你看了之後，笑得很開心，會有一個下午的好心情，就有意義了。」

「原來你是寫給我看的，」我拍拍他肩膀，「我好感動。」

「感動個屁！」

「不介意我拿你的衣服擦眼淚、鼻涕吧！」

家佑的中指持續抽筋到我放開他的衣服為止。為了專題，我傷透了腦筋，有時甚至兩、三天沒辦法睡覺。當我跟專題奮

戰的時候，家佑開著電腦打字。當我睡醒準備繼續奮鬥的時候，家佑還在打字。

不知道什麼時候開始，我開始習慣了家佑打字「答、答」的聲音。偶爾提醒他小心熬夜傷身，他總是吐著舌頭不理會我。他的黑眼圈，慢慢地變成了巧克力甜甜圈。而我的專題，還是沒有進展。

我為了專題心煩意亂的時候，我接到了文靜上來台北的消息。偶爾我會在寢室跟文靜聊天，言談中我也告訴了文靜，專題讓我多麼困擾。文靜知道了我染上了家佑的壞習慣，也會中指抽筋之後，只是笑著要我好好放鬆自己。

「這也是發洩情緒的好方法啊。」文靜在電話裡說著。

於是我對著牆壁，伸出我的中指。沒辦法，因為這是個好辦法。

由於文靜的暈車體質，所以她自行從台北火車站坐車到樂子那兒。文靜上來台北之後，大部分的時間都待在樂子那裡。我的專題報告讓我忙昏了頭，沒有多餘的時間陪伴她。對於這點，我心中滿懷著歉意。

不停地找資料讓我一個頭像原子彈頭一樣大，除了上課，吃飯之外，其餘的時間幾乎都耗在專題上面。一直到樂子打電話到寢室來，我才發覺錯過了晚餐的時間。而原先已經約好了在師大夜市碰面，一起吃頓飯。

我在寢室裡，望著牆上家佑的卡通時鐘發呆。我猶豫著應該立刻趕過去，還是應該繼續看著這個卡通時鐘。長針的腿比

較長，跑快一點可以追上短針。而短針的腿雖然短，但是每跑
一步，長針卻必須跑上老遠。

「啊！」我大叫了一聲，想發洩心中的不滿。

「理智一點。」家佑跟我說。

「你覺得我現在應該去嗎？」

「去死的話就趕快去。」

「去你的！」

「如果要去我的，那我建議你晚點去。」

我走到家佑旁邊，低下頭看著他。

「你可不可以給我一點有建設性的話？」

「可以。那你得問一些有建設性的問題。」

「好，」我點點頭，「我的專題資料還沒找到，我該去師大
跟他們吃飯嗎？」

「我的報告還沒寫完，我該停止無謂的呼吸，趕緊打報告
嗎？」

「可是很遠。」

「那別去了。」

家佑站起身，換了衣服，整理著頭髮。

「你要出去了？」我說。

「對。」

「去哪裡？」

「去當小丑。」

「喔，那個女生喔？」

「沒錯。」

「長得如何？」

「你猜。」

家佑離開寢室之後，我一個人繼續翻找著資料。找累的時候，我會揮著我的左手，跟疲勞說再見。然後招著我的右手，把鬥志召喚過來。

最後我沒有去師大夜市，到樓下的宿舍餐廳隨便打了幾個菜。我坐在餐廳裡頭，看著電視轉播著籃球比賽。一堆人擠在電視機前面，聲嘶力竭地吶喊著，好像比賽的是自己的老爸一樣。

看著亂哄哄的景象，腦中不禁開始胡思亂想。不知道家佑現在正在哪裡逍遙？家佑應該算是一個受歡迎的人，加上日文系的他，系上的女生比學校的野狗還要多。這不是把家佑系上的女生比喻成野狗，我只是單純的形容「多」這個字。我形容的方式，也越來越奇怪。越來越像家佑。

令我驚訝的，隔天文靜又特地從師大繞道過來找我。我接到寢電的的時候，慌張的像被踩到尾巴的野狗。而我這個形容詞，則是真的把自己比喻成野狗。順便向家佑系上的女同學道歉。

我會驚慌失措的原因，是我仍舊把文靜的小說遺忘在家裡的書櫃上。我硬著頭皮到宿舍門口，文靜圍著淺綠色的圍巾，拿著手提包。我快步走出宿舍的大門，由於做賊心虛，不小心腳打結了，差點摔了一跤。

「小心一點，差點要跌倒了。」文靜手對著我指了指。

「我走得太急了！」我尷尬地抓著後腦杓。

「不要急，我就在這裡，不會走的。」

「好。」

文靜說，她喜歡我們學校的校園。很大，給人的感覺很舒服。但事實上，文靜的學校比我們學校要大得多。

「又不是大就好，感覺舒服比較重要。」

「妳們學校讓妳感覺不舒服嗎？」

「也不是，但是我比較喜歡你們學校。」

我跟文靜走往情人坡。通常中午時間，經過時我總會偷偷取笑在這裡用餐的情侶。沒想到，在我的有生之年，也會坐在情人坡上。

「好浪漫的感覺。」文靜說。

「真的？」

「對呀，情人坡，只有情人才會來。」

「不一定，我有時候也會跟家佑經過這裡。」

「你又來了……」

「我？」我指著自己的鼻子。

我想，文靜是要說我太理性，不懂得什麼叫做「美」吧！不管經過了多少年，我的審美觀仍舊跟不上文靜。

「抱歉，我昨天太忙了，忘記……」我試著扯開話題。

「沒有關係啊。」話還沒說完，文靜就回答我：

「還在忙專題？」

「對呀。」

「你喔，真不知道你在想什麼。」

「我？」我又指著自己的鼻子，「我的思想很正確，沒亂想。」

「我不是這個意思，」文靜笑著，「感覺你很煩躁。」

「會喔……」

「總覺得你的氣很亂。」文靜微笑著，「呵呵，我開始打禪機了。」

「氣很亂？」我瞪大眼睛，「我的氣很強啊。」

「會嗎？怎麼個強法？」

「大概，可以發出氣功這麼強。」

「說什麼傻話。」

文靜把圍巾放在大腿上，弓著腿看著我笑。連日來因為專題而密布的烏雲，好像被她的笑容吹散了一樣。我嘴唇的弧線，也從零度以下，慢慢地往上靠攏。

送文靜上公車之前，文靜又拿了火車票給我。我接過車票跟筆，猶豫地搖著頭。

「不是應該拿給樂子嗎？好像換樂子寫了。」我說。

「嗯，下次吧，下次再給她寫。」

「這樣啊……」

我再度陷入苦思當中。這次我很小心，讓我的嘴把離開筆桿遠一些。免得一個不注意，又把筆往嘴巴裡頭餵。文靜雙手抱在胸前，帶著笑意等著我動筆。

我的文筆太差，一時半刻怎麼樣都擠不出一個字。

「可不可以先放在我這裡，我寫好之後下次再給妳？」

「不行，這樣怎麼可以。」

「可是我現在一點頭緒都沒有。」

「沒關係，隨便寫就好了。」

「隨便寫啊……」

我左思右想，腦筋打結。看著文靜的表情，我發現我的手指頭不聽使喚地顫抖。最後，我只在車票上寫下我的名字，最後補了一句。

『如果可以的話，下一次換我拿車票給妳寫。』

文靜上了車，像之前一樣對我招手說再見。我也招著手，目送著文靜離開。下一次換我拿車票給她寫。我的心裡這麼想著。而這個「下一次」，可能要等到好久好久以後了。

託文靜的福，最後我的專題總算圓滿落幕。雖然沒有人響起掌聲，但我站得直挺挺。畢竟我為了這個專題付出了相當多的心血。

家佑的菸越抽越兇，好像是菸草公司老闆一樣，害怕菸賣不出去。寢室裡的電話響，通常都是我的電話。不是樂子找我抬槓，就是义靜打電話來問我吃飯了沒。偶爾雷旺會打過來跟我講故事。

例如昨天他看到了一隻貓跟一隻狗求婚，他感動的在街頭掉下眼淚；或者他懷疑上個禮拜拿到的金牌是假的，所以用牙齒咬了一咬，差點把牙給咬崩了。

從來沒有任何一通電話找家佑。至少我在寢室裡的時候沒

接過。

　　家佑習慣用行動電話，只是他的電話也很少。至少跟他抽的菸比起來，少太多了。

　　家佑抽菸的時候，習慣把窗戶打開。靠在窗邊點著菸，總覺得他的心事重重。吃晚餐的時候，我有意無意地詢問了他，他只是聳聳肩。

　　「最近我覺得我的資金嚴重不足。」他這麼回答我。

　　「缺錢嗎？」我拍拍他的肩膀，「我可以先借你。」

　　「不是真正的錢，」家佑搖頭，「不過如果你願意借我，我也很樂意收下。」

　　「不然……什麼資金不足？」

　　「愛情投資。」

　　我不懂。跟家佑相處了那麼久下來，很多時候他講的話我都不懂。而漸漸地，即使我不懂，也變成理所當然。

　　不知道多久以後，我才知道他話中的涵義。他從不跟我說以前的事，也不跟我說太多現在的事。而我發現他的沉默像低聲的呢喃，才知道他把心情以及想說的話，都寫了下來。

　　很久以後了。

　　家佑是一個會很安靜地坐在一旁，看著餐廳的人走來走去的人。總覺得他的眼睛裡有雷達，不停掃描著周圍的人。這是他的天賦，而我對這一方面完全不在行。他的眼裡開了一扇窗，而我的窗戶被封死了。

　　升上大三之後，生活的步調明顯快了許多。每天忙得一塌

糊塗，晚上睡前我總會到家佑的電腦前面看一下他寫的東西。然後我的心情會快樂些。

雷旺當上學聯會的主席。他跟我說，每天忙進忙出，感覺自己像陀螺一樣。我說，他一定是最低級的陀螺。

文靜接著上來台北很多次，每一次離開前，都會繞過來我這裡。我們在學校的校園裡頭散步，然後她會拿出車票，要我在背面寫下心得。每一次我都會問她，到底什麼時候才輪到樂子或雷旺。「下次吧！」她總這麼回答我。

她的下次總在下次之後，而我說的下次換我去找她，讓她寫車票的背面，卻不知道在哪一個下次之後。天底下有太多的下次，所以我們都忘了，這一次比較重要。

當家佑開始準備日文的檢定考試，我才發現聖誕節要到了。記得大一的聖誕節，我邀請了樂子跟雷旺一起到學校參加聖誕舞會。樂子已經答應了室友的邀約，加上師大也有聖誕舞會，於是樂子沒來。而印象中，雷旺那一陣子吃壞了肚子，整個聖誕夜都在宿舍的廁所裡度過。

而大二的聖誕節，令我印象深刻。因為對於舞會感到興致缺缺，加上寒流來襲，於是我們到雷旺的宿舍吃火鍋。我約了家佑同我一起去，沒想到他竟然決定在天寒地凍的聖誕夜，騎車到陽明山上泡溫泉。聽說那天，陽明山全部的溫泉旅館都客滿，只好到烏來去。冷颼颼的，泡個溫泉最是過癮。沒想到他們選擇的那個溫泉旅館，不是溫泉。

十度左右的低溫，對南部長大的我來說，算是相當冷的天

氣。那個晚上，家佑跟他的同學，泡了一夜的冷泉。之後，家佑大概躺在寢室裡頭好幾天，鼻涕流成太平洋。

在雷旺的宿舍吃火鍋是一件很過癮的事。雷旺所有的室友都到外頭瘋狂慶祝，整個宿舍冷清的連螞蟻走過去都會發出聲音。一時興起，我們買了一點玫瑰紅酒，摻著蘋果西打混著喝。我們舉起酒杯，一起慶賀聖誕節。

「敬聖誕老公公，今天辛苦了！」雷旺高舉酒杯。

「敬噴子德，紐西蘭萬歲。」我說。

「敬文靜跟翁婆婆，下一次找他們一起慶祝。」樂子說。

我們舉杯歡呼，計畫著大三的聖誕節，約文靜回鬼屋找翁婆婆。大三的聖誕節前一個禮拜，我接到樂子的電話。家佑的檢定考試也結束了，整天在宿舍裡打著電腦。

我們約定了在聖誕夜前一天，也就是二十三號當天，課一結束，就在台北火車站集合碰面。那天的課，一直到最後一堂。等我趕到車站的時候，樂子已經等候多時，而雷旺比我更遲。

我小跑步地奔向樂子，滿懷歉意。

「抱歉，太晚下課，路上又塞車。」

「沒關係，我也剛到沒多久。」樂子搓著雙手。

我們買了票，跟文靜約好坐同一台車南下。她在嘉義上車，目的地是高雄。樂子不停地搓著雙手，台北的氣溫總是冷得讓人害怕。我拿下我的圍巾，遞給樂子。

「拿去包著手，比較不會冷。」我說。

「沒關係，你用就好。」樂子笑著。

　　我硬把圍巾放在樂子的大腿上，轉過頭去假裝不知道。過了一下子，我感覺到呼吸困難。樂子把圍巾勾回我的脖子上，用力一扯，我的頭差點射出去。

　　「哇！我的脖子……」我艱困地說著。

　　「跑，快點跑！」

　　「我的脖子快脫臼了！」

　　在車站大廳一旁，我們一邊等著雷旺，　邊玩著。

　　「聖誕節都沒有男生約妳出去嗎？」我好奇地問著樂子。

　　「當然有，排滿了整個師大夜市呢。」

　　「不要騙人喔！」

　　「哼，不相信就算了。」

　　「那妳怎麼不跟他們出去？」

　　「算了吧，」樂子揮了一下，「無聊透了。」

　　樂子告訴我，有一個人正在追她，像小狗追強盜一樣。我問他為什麼把自己比喻成強盜，被她敲了一下頭。

　　「我是說，他們是小狗。」

　　我摸著頭苦笑。

　　樂子告訴我，那個男的每天早上都會到宿舍門口等她，拿著早餐。而每天晚上，也都有宵夜會送到樂子的寢室。因為這樣，樂子寢室裡的每個人都胖了一圈。

　　「如果是我，我絕對不會送吃的給妳。」我笑著說。

　　「那你會送什麼給我？」

　　「當然是體重計啊！妳那麼愛減肥。」

「最好是這樣。」

「不過，其實他也沒有錯。」我說。

「怎麼說？」樂子看著我。

「因為吃飽了才有力氣減肥啊。」

樂子笑得很開心，我們好像回到高中音樂班，她拿著薩克斯風，我吹著小喇叭。雷旺在一旁胡鬧，文靜笑著看著噴子德對著雷旺射彈弓。我們在鬼屋裡頭，翁婆婆笑著，拿番石榴給我們吃。

火車上，我們依舊開心地胡鬧著。車上的人很多，大概都是準備要返鄉過節的人潮。我們在車上一下玩成語接龍，一下玩扮鬼臉。

到了嘉義，文靜上了車。我們窩在車廂交接的地方，蹲著聊天。這種心情是喜悅的，期待著翁婆婆看到我們，臉上驚喜的表情。聖誕夜當天，我們買了很多東西。我們一起出錢，買了一個小暖爐給翁婆婆。鬼屋靠近山邊，比平地冷一些。

大三那一年的聖誕節，我覺得自己好像突然長大了。很多不懂的事，在一夜之間了解了。到那個時候，我才知道什麼是下雨天的蝴蝶。而我們的祕密基地，就是鬼屋。

我們到翁婆婆的鬼屋前敲門，天色暗得快，鬼屋裡頭沒有開燈。我們敲了好一下子的門，感覺手快被凍僵了。鬼屋旁的番石榴樹上，連一片葉子都沒有。

一片都沒有。

第 8 樂章

我盡量平靜，我告訴自己。
翁婆婆過世了。
這六個字，
不知道我這麼平靜緩慢的語調，
有沒有人能夠體會。
我試著輕描淡寫，
但我的內心狂風暴雨。

下午的單兵作戰教練，小柳裝病到醫護室。其實也沒這麼簡單，如果一切都像這樣，不想操課就裝病，那大家的日子都很輕鬆，每個禮拜抽籤輪流裝病就好了。每個到醫護室報到的，都必須背上課內容，滿滿七張講義。

有時候在晚點名前抽背，有時候會在你放假之前。如果沒背出來，你的假期恐怕就會有被沒收的危險。

我跟小柳都是老鳥了，當然比較不會受到刁難。這是人之常情，有中國人的地方，就一定會發生。我不會愚蠢地認為這是不公平的。

單兵作戰教練，其實很好笑，很像小朋友玩的官兵捉強盜。當班長喊著「攻擊前準備」，我們必須大喊左看右看，像脖子抽筋的駝鳥。準備發動攻擊的時候，我們必須大聲喊著「好！我以火力掩護你」。

像不像遊戲？像不像？

操課的內容很多，多半都是這樣子的遊戲。習慣了之後，便不覺得好笑，只是做久了會覺得無聊。我保證，日後回想起來，一定會覺得有趣新鮮。畢竟當下的我們，不會知道。

醫護所的女醫官，長得很可愛。當然我不保證這個時候的眼光是否正確，在軍營裡，只要不是男的，通通都被列入賞心悅目名單當中。

母狗除外。

小柳告訴我，如果不是在當兵，他一定會追求女醫官。我哭笑不得。

「也不必為了追她拿自己的假期開玩笑吧！」

「你不懂，這是身為軍人的驕傲。」

傲你的小蝌蚪，傲你的大青蛙。

「下次你來試試看，你就會知道了。」

「我不想知道，我只想乖乖等到退伍。」

下次，我不會去試試看的。如果可以，我會把握這一次。

從大三那年之後，我開始討厭「下一次」這個名詞。每當我問家佑那個聯誼女孩的長相，他總回答我「下次告訴你」。聖誕節之後，我要求家佑，不要下一次。

要就這次，否則永遠不要。

我知道生、老、病、死是很正常的。但是面對這種問題，把它放在角落忽略掉比較好。自以為處世泰然的傢伙，不是冷酷無情，就是智能不足。另外一種情況，叫做習慣成自然，通常發生在年事已高的人身上。

大三那年的聖誕節，本來開心的氛圍，在沒有人應門的鬼屋中結冰。後山腰的人家告訴我們，翁婆婆年紀大了，這種事很正常。很正常，鬼才相信。

我盡量平靜，我告訴自己。翁婆婆過世了。這六個字，不知道我這麼平靜緩慢的語調，有沒有人能夠體會。我試著輕描淡寫，但我的內心狂風暴雨。翁婆婆的子女，從國外回來。我第一次見到他們，在聖誕節當天。我不知道該用什麼表情面對他們，傻愣愣地像是腳上長了根，黏在地板上動彈不得，連呼吸都覺得吃力。

　　翁婆婆的子女在鬼屋裡頭燒著腳尾錢。文靜哭紅了眼眶，我把眼睛盡量睜大，再睜大。樂子沒有哭，我不可以先崩潰。很好笑對不對？到那個時候，我竟然還想著這種事。

　　雷旺把小暖爐放在翁婆婆平常做家工的桌子前面，拆開了盒子。我走向雷旺，伸出手幫他拿著盒子。樂子左手抱著文靜，沒有試圖要安慰她。

　　這時候再多的安慰都沒有用。

　　雷旺一聲不響，走到鬼屋的門口，把門打開。我以為雷旺要出門，沒想到他轉過頭去，面向著門外，拿出口琴。我聽見了悲傷的聲音。口琴的聲音繚繞，一聲接著一聲。

　　我們走出鬼屋的時候，雷旺的眼眶也紅了。剩下的，我不記得。唯一清晰的畫面，是雷旺在小山坡上頭，不停地「啊啊」叫。

　　雷旺吶喊著，不再沉默。我們跟翁婆婆，就像親人一般。翁婆婆的皺紋，翁婆婆那溫暖的手掌。翁婆婆的番石榴，翁婆婆努力做家工時候的專注。翁婆婆的紅包袋，鬼屋裡頭的寶藏。

　　我好像明白了，鬼屋裡面的寶藏是什麼了。我們就是翁婆婆的寶藏，遇到不開心的事，我們會在翁婆婆的鬼屋抱怨。快樂的時候，我們會到翁婆婆的鬼屋慶祝，玩彈弓。晴天，鬼屋是我們的花瓣。下雨了，鬼屋是我們的祕密基地。

　　最後的這場雨，下得太淒厲。下雨天的蝴蝶，究竟要躲到哪裡去？

　　回台北之前，我們在鬼屋跟翁婆婆說再見。跟鬼屋說再見，跟門旁的番石榴樹說再見。好像，也跟我們的青春回憶說再見。

　　文靜從嘉義下車之後，天色已經暗了下來。我幫雷旺以及樂子買了便當，大家都說不出話，也沒什麼胃口。樂子拿著便當，我才看到樂子的第一滴眼淚。

　　好像也是我第一次看到樂子的眼淚。眼淚沒辦法解我們的渴，我們對翁婆婆的渴。眼淚一滴一滴落在便當上，我過去拍拍樂子的肩膀。

　　「我剛剛不敢哭……我都不敢哭……」樂子哽咽著：

　　「文靜快要崩潰的樣子，我不敢哭，我怕會更難過……」

　　「我懂，我懂。」我拍拍樂子。

　　「妳這樣翁婆婆會生氣！」雷旺大聲地對樂子說。

　　「雷旺你幹嘛這樣……」

　　我話說到一半，才發現大吼著的雷旺，眼裡滿是淚水。

　　『佛掬起一把生命江流的濁水，每一把都是苦海無邊，每一把。』

　　在台北火車站跟雷旺樂子告別的時候，雷旺這麼說著。我不懂這句話的意思，只懂得悲傷。我很想安慰樂子，無奈我的舌間長滿了雜草，刺痛地讓我無法言語。

　　悲傷的空氣蔓延，我卻無法逃離這空氣。家佑看我這麼低落，要我過去看他的電腦。我無法起身，因為我的身體被悲傷絆住，動彈不得。

家佑要我看開一點，翁婆婆一定不希望我們這麼難過。我給了他一聲「幹」，靠在床上發著呆。

「雖然這樣顯得我很沒創意，但是，節哀順變。」家佑拍拍我的肩。

我抬頭看看家佑，無力地點點頭，表示知道。

「如果你的以前的回憶在鬼屋，那翁婆婆替你們打了一個美麗的句點。」我捏著翁婆婆過年給我的紅包袋，看不清楚。

「你們彼此都是對方的寶藏，永遠都是。」

我用手肘擦了眼淚，用力地點頭。

如果有機會跟翁婆婆說最後一句話，我會說什麼呢？謝謝？還是對不起？家佑說，我們沒有對不起翁婆婆。我知道。只是我很想念她，好想。

『翁婆婆，下輩子我還要去妳的鬼屋玩。』最後我想到了，我想對她說的話。

聖誕節過後，我們似乎再也沒有提過一起回家的事。好像不這麼開口，就不會想起難過的事一樣。

一有時間，我會到師大去找樂子。即使沒有特別的事。就像我也會打電話給文靜一樣。樂了很堅強，笑著跟我一起回憶高中時候，在鬼屋的回憶。

有時候我們會在師大操場上，繞著一圈又一圈。或者到日光大道上閒聊。有時候聊得開心，我們會到操場旁講台上，坐著發呆。

「如果噴子德回來了，我想我不會跟他說這件事。」我說。

「翁婆婆？」樂子咬著下嘴唇。

「嗯，我會跟他說，翁婆婆到美國去找兒女了。」

「這樣好嗎？」

「沒有好不好，」我勉強笑著，「只是難過的事，我們來承擔就好。」

我把我的想法告訴雷旺，雷旺不置可否。他提醒我，如果噴子德知道事實，可能會把我丟到太平洋餵鯊魚。雷旺說話的表情很用力，笑起來那個天下無敵的模樣也沒變。

從鬼屋那時候走來，一路都是洞。我的記憶裡有很多洞，都不知道是在什麼時候挖的。但，這麼多的洞該用什麼來填補？不知不覺地開始費盡心思，不知不覺地開始像個無頭蒼蠅。

汲汲營營只為了那不知道何時開始存在的洞，為了填補這些，我幾乎耗費了我所有的心力。那一天，雷旺在鬼屋裡面吹起了號角。翁婆婆聽了，一定覺得很開心。一定。

「這樣不好。」文靜說。

「可是……」

文靜不希望我隱瞞噴子德。

「我也不知道……我也不知道……」文靜的聲音，吹著難過的風。

我很想安慰文靜，但是每當我拿起電話，總會害怕聽見她那難過的聲音。難過是會傳染的，我不想。大學最後一個暑假，文靜選擇留在嘉義打工。雷旺待在學校，處理學聯會交接

的事。

我們都想逃避，逃避那會讓我們哭紅雙眼的過去。只是，在悲傷的雨中奔跑，跑得越快，身體越溼。

家佑看我整天悶悶不樂的樣子，遞給我一根菸。我拒絕了。我不是不抽菸，只是我不想爲了悲傷抽菸。

家佑在電腦前打字的時候，我走到他的旁邊，他打字的速度不知道什麼時候變得飛快，感覺好像彈著鋼琴一樣。我看著他打的內容，不小心笑了出來。

「誰講話會倒著講？」我笑著問。

「我同學。」

「你認識的人，好像沒有一個正常的。」

「也包括你。」

我很自然地送給他一根中指。

「你笑了。」家佑對我說。

「啊？」

「好久沒看到你笑了。」

「嗯。」

「這樣子，我寫的東西就有意義了。」

「我從來不覺得你寫的東西沒有意義啊！」

「謝啦。」家佑不好意思地笑著。

「別客氣。」

我發著愣，看著他「答、答、答」地打著字。

「家佑。」

「幹嘛？」

「你幫我，把翁婆婆的故事寫下來好不好？」

「翁婆婆的故事？」

「對，我想把翁婆婆說過的話記下來，可是我記性差，有一天一定會忘記。」

「我可以幫你把翁婆婆的話記下來，但是沒辦法幫你寫她的故事。」

「爲什麼？」

「因爲翁婆婆的故事，已經被她畫上漂亮的句號，我再多寫什麼，都是破壞這個故事。」家佑對著我說。

「好，那你幫我記下來。」

家佑拍拍自己的胸膛，表示包在他身上。我點點頭，開始回想。

「你不可以亂寫喔！」我警告他。

「我才不會亂寫，我會把它當作報告一樣認眞地對待。」

「千萬不要，那你隨便寫好了，不要像寫報告一樣。」

那一天，我清楚知道了家佑就是那個人。當我拿著破洞的水瓢往前走，水一邊漏著。而家佑，幫我在後頭收回那些我遺漏的部分。

不管開心的，難過的。不管正確的，錯誤的。不管該忘記的，不該忘記的。

家佑，謝謝你。如果不是你，我不會知道我走過的路，一步一步都是足跡。

　　升上大四之後，我決定準備考研究所。除了擔心畢業以後找不到工作之外，我開始慢慢對現在所學的東西感到興趣。家佑日文檢定考通過了，但是還有最困難的那一個等級。

　　除了替我寫下我的回憶之外，有的時候在寢室裡，家佑總會莫名奇妙恍神。偶爾會問我一些奇怪的問題，例如數線的左邊是負數，數線的右邊是負數。我發現到他的不對勁，但固執的他始終不告訴我原因是什麼。

　　有的時候在寢室接到了電話，就匆忙出門。

　　「你最近到底怎麼了？」我問。

　　「沒什麼。」

　　「怪怪的。」

　　「我有正常過嗎？」

　　後來我在宿舍樓下，見到他跟一個女孩子說話。那個女孩子個頭高高的，留著一頭長髮，很漂亮。真要形容她的漂亮，我想大概比樂子差一點。我問家佑，那個女孩是誰。家佑不願意回答我，只是聳聳肩。大概是那個聯誼的女孩子吧。

　　那天之後，如果沒有提醒家佑幫我打字，他總會坐在電腦前面發呆。只差沒有流口水。有時候我偷偷瞧見，他會拿著信紙一樣的東西看著。這個疑問當時一直沒有揭曉，家佑的牛脾氣讓我束手無策。很久以後，我才從其他地方得知。真是個笨傢伙。

　　文靜也決定考研究所，英文很好的她，向我詢問我們學校的英文系。我很開心，也許因為文靜想考上台北來吧。準備要

考研究所的不只文靜，最驚人的是雷旺也準備要考。他的目標是台南一所學校的體育教育研究所，很少見的他也開始努力讀書。

樂子找到了一個教音樂的地方，畢業以後可能會留在學校附近，在那裡工作。我到那個地方看過樂子上課的情況，樂子教導小朋友的時候，神情很熟悉。我一直想不起來到底為什麼有這種熟悉的感覺。

第一次到樂子教音樂的教室去，我在窗戶外邊，手撐著下巴饒富興味地看著。樂子發現了我，很開心地向我招手，要我進到教室裡去。

「各位小朋友，老師替你們找了會吹小喇叭的老師，掌聲鼓勵！」

我嚇了一跳，趕緊搖手：「我不是老師。」

「小晉，你就示範給他們看一下嘛。他們都拍手了……」

「這個……」

樂子遞給我一個小喇叭，換了一個新的嘴。我拿著小喇叭，感覺手腳不停地發抖。不知道多久沒有摸過，我緊張地直冒汗。

我拿起它，深呼吸了好一下子，吞了一口口水。一直到掌聲響起來的時候，我才恢復意識。

「好棒喔。」樂子開心地給了我一個大拇指。

「呼，好久沒碰了，妳這不是整我嗎？」

「哪會，你看你吹得多棒！」

　　我不好意思地抓抓頭。我都忘了多久沒碰這個東西，差點忘記自己以前天天跟它為伍。只是，那是很久很久以前了。

　　「我還是很喜歡看你吹小喇叭的樣子，很帥。」樂子說。

　　「妳不要消遣我了。」我的臉很燙。

　　「如果可以的話，有時間你也過來這邊幫忙，好嗎？」

　　「幫忙？幫忙整理環境倒垃圾嗎？」

　　「笨蛋，」她敲了我的頭一下，「當然是幫我教學生啊。」

　　我傻笑著看著樂子。只是，我忘了我是學音樂的。妳知道的。

　　有一次，文靜上來台北，樂子要上班。我跟雷旺、文靜一起到音樂教室找她。我堅持不吹小喇叭，我們三個在旁邊靜靜地看著。

　　樂子吹著薩克斯風的樣子，真的真的非常迷人。為什麼我高中的時候從來沒有這種感覺？下課之後，我們一起到師大夜市吃晚餐。雷旺把頭髮留長了，感覺很有黎明的味道。

　　「樂子，像不像黎明？」雷旺指著自己的頭髮。

　　「很像啊，很像黎明被打腫臉的樣子。」

　　「哇咧……」

　　我們在一旁笑翻了天。這樣的感覺，就像回到從前，回到鬼屋時代的我們。

　　「啊！我想起來了！」我知道了！

　　「嚇死人哦！」雷旺拍著胸。

　　「想起什麼？」文靜笑著看我，樂子也瞪大眼睛。

「我一直覺得樂子教小朋友的時候，感覺很熟悉。」我說。

「很熟悉？」樂子問我。

「嗯，很像……很像翁婆婆。」

話像脫韁的野馬，一說出口我就後悔了。原本快樂的氣氛，像踩煞車一樣一下子停下來。

「真的嗎？」

過了好一會兒，樂子小聲地問我。

「嗯。」

我不好意思地點點頭。

「我很開心，真的。」

樂子說完，偏著頭對我笑。雷旺拍了我的肩膀一下，不住地點頭。文靜的眼眶又紅了，但是我們都笑著。

快樂地笑著。

離開師大夜市，我們各自解散。離開之前，我把樂子寄放在我這裡的口罩，還給樂子。

「怎麼？」樂子問我。

「沒有，我覺得這個應該洗了，所以拿給妳，怕我洗過之後妳不敢戴。」

「原來如此。」

「不過我幫妳買了一個預備的，所以妳先把這個拿回去洗乾淨。」

「笨死了你。」樂子罵了我一聲。

「啊？我哪裡笨了？」

　　樂子搖搖頭離開，我摸不著頭腦。

　　一如慣例的，文靜要回嘉義的那天，依舊到學校來找我。因為時間尚早，我帶她到學校附近的電影院，看了場電影。這僅僅是我第二次跟她看電影。

　　路上我們談起了研究所的事，文靜顯得很興奮。

　　「我希望我可以考上你們學校的英文所。」文靜說。

　　「為什麼？」我問，「我們學校是私立的。」

　　「笨蛋，不是私立的就代表不好，你們學校的英文系所很棒的。」

　　「這樣啊，那家佑讀的日文系所應該也不差吧。」

　　「這個我就不清楚了。」文靜俏皮地吐著舌頭。

　　從電影院騎回學校的路上，我盡可能地筆直地騎。因為文靜會暈車。我要她盡量把頭往前，看著前方的路，比較不會暈。

　　文靜很聽話地照著我說的話做，她的臉距離我的臉，只有不到十公分的距離。我彷彿可以感覺到她安全帽下的頭髮，輕拂著我的臉。很輕，很輕。回到學校之後，我們隨處走了走。

　　文靜的臉上帶著笑意，要我帶她到外語學院大樓，看看英文系所的位置。臉上的表情，像是從厚厚的雲層裡露出臉的太陽一樣。很溫暖。文靜依照慣例，把火車票拿給我。我接過手，對著她笑了笑。

　　「到底什麼時候輪到樂子和雷旺寫呀？」

　　「嗯，你不要管啦。」

「我真的很好奇，妳為什麼都要我寫。」

「你覺得很困擾嗎？」

「困擾不至於，只是我必須多讀一點書，才有內容可以寫。」

「那你的內容都是抄書上的囉？」

「當然不是，抄別人的有什麼創意。」

「嗯。」

我拿著火車票，等了很久。

「妳還沒有拿筆給我呢。」我笑著說。

「啊！抱歉抱歉，我忘記了。」文靜的臉都紅了。

我拿著筆，對著筆尖呵氣。

「我要寫囉。」

「好。」

「不過我還是想知道，為什麼每次都是我。」

「這枝筆不好寫嗎？那我換一枝。」

「我想知道，妳可以告訴我嗎？」

「不然你靠著牆寫好了，比較方便。」

「我說……」

「啊，我想到了，考試要加油喔。」

我無奈地搖搖頭：「文靜，妳可以跟我說原因嗎？」

「原因？也沒有什麼原因啦，想訓練你寫字。」

「那雷旺比我更需要訓練啊。」

「我覺得你的文筆要多磨練。」

「可是我不打算當作家啊！」

「我覺得你不夠感性，我想培養你感性一點。」

「眞的是因爲這樣？」

「對。」

我在車票上，寫下簡單的幾句話。這麼多次以來，我早就已經習慣了。文靜，對不起，我竟然用「習慣」這兩個字來形容妳的用心。我在車票上，寫下了簡單的幾句話。

『我們都是下雨天的蝴蝶，牽著手，不會離開彼此。』

寫下這些話的同時，我的心裡正想著鬼屋裡的回憶。多希望可以牽著手，就走回過去，走回那個年紀。

當天晚上，我竟然失眠了。腦海中不停想著鬼屋的一切，我煩躁地不知道該怎麼辦才好。家佑還在電腦前打字，我走到他背後，拍了他的肩膀。

「你要嚇死人喔！」家佑嚇了一跳。

「這麼晚還不睡？」我好奇地看著電腦。

「沒辦法，現在靈感來了，想睡也不行。」

「這麼拚命，又不會得諾貝爾文學獎。」

「得不得獎不是重點，重點要對得起自己。」

「你對得起自己，對不起的的黑眼圈啊。」

「這一點小犧牲，不算什麼的。」

「小心你的巧克力甜甜圈，尺寸越來越大。」

家佑點起菸，兩手平攤，一副我奈他何的模樣。躺回床上，我想著未來的研究所考試。如果文靜順利考上北部的學

校，那我應該希望雷旺也順利考上台南的學校嗎？

好像無論如何，我們都沒辦法相聚一樣。越想越覺得不舒服，我感到一陣頭昏腦脹。

朦朦朧朧間，我漸漸地失去意識。我作了很多夢，可惜睡醒之後我不可能會記得。模糊之間，好像走回鬼屋裡面。

我看到了文靜，也看到了樂子和雷旺。文靜手裡捏著車票，對著我招手。突然一陣風，把文靜手上的車票吹跑，文靜拚命的追。我看著文靜追逐著車票，也好像看到了，她的眼淚。

研究所的考試像妖魔鬼怪一樣，讓我無時無刻都沉浸在壓力之下。唯一不同的，是妖魔鬼怪會攻擊我的肉體，而考試則會腐蝕我的心靈。

如果說現在的我正做著所謂「投資」的動作，那麼我投注的心血，肯定超過我擁有的資本額。在資本主義的經濟狀態下，投資報酬率成了唯一被奉為圭臬的聖旨。一旦收支產生不平衡，則經濟可能會在一夕之間瓦解。

到了那個時候，我只好宣布破產。

在我破產之前，家佑已經開始拍賣他的所有家當。考完最高一級的檢定考試，我在寢室裡忍受他一秒超過三千五百轉的高頻率髒話摧殘。想當然的，這次的檢定考是掛點了。

家佑怨天尤人了好幾天，晚上不是跟同學喝得醉醺醺回來，不然就是對著電腦點著菸發呆。這一段時間，我的回憶紀錄被迫停止，因為我的腦袋暫時無法同時運轉。

　　每週二我會到台北火車站附近補習。一個人走在熱鬧的台北街頭，總感覺到有點格格不入。好像大家都在同一個平面上，而我被封鎖在另外一個。

　　那陣子我特別容易回想到過去的時候，可是現實並不允許我這麼做。現實告訴我，我的腦容量不夠大，現在只能專心的把課本的東西記起來。

　　越是被禁止的事，我們通常會躍躍欲試。國中老師要求我們不可以在頭髮上面噴髮膠，我每天早上都會在自己短短沒有多少的平頭上面，噴上一層又一層的髮膠。

　　這種個性大概就叫做「犯賤」。而我賤了二十幾年，還賤到現在。沒想到腦袋瓜子也這麼犯賤，這種關頭竟然整天胡思亂想。當我開始胡思亂想的時候，我總會下意識地看著自己的肩膀。檢查我的翅膀，長出來了沒有。

　　有一次我在路上胡思亂想，回頭看自己的肩膀的時候，不小心碰到了路人一下。我急忙轉過頭去道歉，不好意思的窘態盡收那個人的眼前。還好那是個男孩子，如果是個女孩子，我可能會更不知所措。

　　等到我走到補習班之後，我才發現我的皮夾掉了。也許在碰撞的時候被碰掉了，又或者那個看起來靦腆的高中生，是個高明的扒手，扒走了我的皮夾，也把我的鬥志偷光光。

　　每當我熬夜唸書，感到心煩意亂的時候，有時我會打電話給文靜，要她加油。其實我是想要對自己說。

　　有時候時間接近天亮，我會撥電話給樂子，要她記得早點

起床。因為早睡早起身體好。

當我打電話給雷旺的時候，我會跟他用最下流骯髒的語言對話。利用這種方式，來排解我們心中的大便。這種壓力對我來說，就是這麼令人討厭。只是，我不得不把壓力吃下肚子裡，卻打死也不願意把大便靠近嘴巴。

家佑每天晚上還是會在電腦前面打字，只是捧起書本的時間，比往常多了不知道幾倍。家佑寫了文章，看起來像是短篇的，完整的故事。

有些看起來很不錯，有的我看了兩三行，就覺得沒營養沒衛生。

最大的樂趣，就是看他在網路上跟人聊天。三句兩句，就會讓我看了忍不住笑了出來。真是一個奇怪的傢伙，腦筋異於常人。

真的快要爆發的時候，我會騎著車到雷旺的學校去。雷旺學校離我很近，快一點不必三十分鐘就會到。

多半時候我會一個人在校園裡閒晃，到湖邊看看蚊子，或者是被蚊子看看。雷旺有空的時候，會跟我一起走。當然最糟糕的情況下，萬德佛會跟著一起來。

這種時候萬德佛當然不會跳著熟悉的「不死火鳥求偶舞」給我看，不過聽他說著一些沒營養的事，很難忍住不笑。但是這種長時間的狂笑，對體力的消耗也相當可觀。只要萬德佛跟著雷旺一起出現，當天晚上看書，我必定呵欠連連。有一得必有一失，大概就是如此。

　　很快的，家佑的檢定考放榜了。家佑不出所料，破產了。
而那天晚上，家佑沒有回寢室。不知道他上哪裡去了。隔天看
到他，一臉疲憊。他告訴我昨晚他買了十人份的晚餐，到球場
一個人嗑了起來。我聞到他滿身的煙味，只是拍拍他。

　　我相信家佑現在也面臨了一些選擇，我從他掙扎的表情中
看出來的。當我驚覺自己有這種感覺的時候，我發現不知不覺
中，我也有點學會了，怎麼觀察一個人的表情。

　　也許我沒辦法替他分擔些什麼，但是我相信家佑一定會做
出決定。從他的眼神中，我看出來的。當我發現圍巾已經被我
收到衣櫥裡頭，而外套也越來越少穿上的時候，考試的季節來
了。

　　春天是研究所考試的時候，這麼美的時間考試，實在是一
件很諷刺的事。我沒有時間欣賞路邊盛開的杜鵑花，因為我的
眼睛必須黏在課本上頭。我沒有多餘的力氣聆聽樹梢小鳥的鳴
唱，因為我必須專心上課，考試不會等我。

　　頂多偶爾聽聽教室外面的流浪狗發情，發出幾聲令人難堪
的低吼聲。管他杜鵑花、喇叭花，我現在心裡只有好好地看書
看到兩眼昏花。

　　從小到大，習慣到不能再習慣的考試。等待鈴聲，進入考
場，發考卷。窸窸窣窣的筆尖碰撞試卷的聲音，偶爾發情的狗
兒汪個兩聲。

　　鈴響，結束考試。

　　最後一個科目結束了以後，我興奮地把手邊的課本高高拋

到天上。從中部北上考試的文靜看到，也跟著我把課本往天上
丟。

　　我跟雷旺、文靜一起到師大夜市，樂子陪著我們在那裡瘋
狂享用美食。心裡毫無壓力的時候，連苦瓜湯喝起來都是甜
的。

　　「沒錯，連狗大便都是香的，你要不要試試看？」

　　我說完，雷旺這麼回答我。我給了雷旺一個中指，香的中
指。雷旺自信滿滿的模樣，他的考試在下個禮拜。我們一邊祝
福他考試順利，一邊祈禱著自己的考試結果。樂子開心地跟著
我們又笑又鬧，好不開心。

　　我希望，我們都可以順順利利，平安順心。我的願望，就
這麼簡單。

　　等待放榜的時候，我也沒閒著。畢業論文讓我感到有些吃
不消。但想著這也許是最後的磨練，心裡就會快活許多。

　　等待放榜的經驗，總是難熬。我等過幾次放榜，印象最深
刻的，除了考大學之外，就是國小時候蟯蟲檢查。每次回家黏
完屁股，我就會到頂樓的神明廳拜拜。祈禱我不會是被老師點
到，要重新做檢查的那個。

　　有時候總是幼稚，看到有同學必須重新檢查，就會到他身
邊嘲笑著，「羞羞臉，屁股沒擦乾淨」。想起來還真的挺幼稚。
不過當時我也只是個國小的學生，幼稚之於我，就如同誹聞之
於明星一樣理所當然。

　　話說回來，還好國小時候每次蟯蟲檢查，我總是落榜。所

以只有我羞別人臉，沒有別人羞我臉。回想起來還挺得意的。真不知道我這麼不足的記憶體空間，記著這些有的沒的要做什麼。

研究所的結果，在夏天來臨之前公布。我沒有考上。我仔細檢查了成績單，從左到右，從上到下。我很氣餒這次的投資失利，更替我浪費的補習費感到不值得。

我不知道怎麼排遣我心中的悲憤與難過，我不想學家佑那樣，買了十人份的晚餐撐死自己。我在寢室裡頭發著呆。所幸我的悲憤並沒有太過於孤單，家佑也跟我一樣落榜。

這裡用「所幸」兩個字形容，只是單純的抒發自己並不寂寞，鬆了一口氣的情緒，沒有幸災樂禍的意思。我的悲憤並沒有停止太久，當我得知文靜考上了我們學校的英文所，而雷旺也順利考上台南的研究所，我不禁悲從中來。我在腦海裡計算了無數次，沒想到最後脫隊的，會是我。

從我們跨過大學這個平面之後，每次想把過去拉回同一個區塊，都讓人筋疲力盡。最後文靜也許會北上，而雷旺往南。重新洗牌之後，我們還是沒辦法停留在同一個平面太久。

文靜打電話給我，安慰了我很久很久。她希望我繼續努力，明年捲土重來。我拿著電話，心？對文靜充滿了感激。一瞬間我突然覺得，這一次的失敗其實不算什麼，明年還有機會。

家佑決定遲畢業一年，利用多一年的時間，繼續衝刺準備。我很心動，不知道該如何決定。雷旺建議我，如果真的有

興趣，不如下定決心，用一年的時間換研究所的兩年。

　　我想這樣或許是一個很好的辦法。對我來說，這次的失敗似乎不算一回事。但是我終究還是必須面對眼前的失敗。從我破產之後，我接到文靜電話的次數多了。文靜總擔心著我，怕我覺得沮喪。甚至還建議我多伸出自己的中指，好好發洩一番。

　　後來我的心情平復了不少，文靜還是一樣打電話過來跟我閒聊，安慰我。即使我已經不再那麼低落，我也不好意思直接告訴她。我仍舊扮演著我悲劇英雄的角色，看著文靜這樣關心著我，總不好意思破壞掉她的一番好意。

　　我真的很謝謝妳，文靜。即使知道我落後了，妳還是願意停留下來等候。而我，只是把妳的用心，當成了習慣似的，漫不經心。

　　畢業論文交出去之前，家佑已經確定要延遲畢業一年。而我還在猶豫，非常猶豫。畢竟我害怕這一年的投資，又會失利。夏天無聲無息地摸上來，眼看著就要畢業了。畢業前樂子的學校有一個很特別的西瓜節，過去幾年總因為有事讓我錯過了。

　　我跟雷旺被樂子邀請，因為是最後一次，我便排除萬難地欣然赴約。而雷旺有些事情，交代了我他會晚點到。

　　吃西瓜的季節，所以有西瓜節來紀念這個偉大的時候。當天我出門前，因為一些瑣碎的事耽誤了，到了女一分舍的門口，樂子像往常一樣地在前方花圃上坐著。每個人的臉上都寫

著愉快的表情，人來人往的，熱鬧極了。

　　我快步跑向樂子，女一分舍前面聚集了一堆人。不管是男生、女生，都往女一分舍裡頭走。

　　「抱歉，我來遲了。」我不好意思地說著。

　　「沒關係。」

　　我指著前頭往女一分舍裡走進去的男生：

　　「妳不是說男生不可以進女生宿舍嗎？」

　　「對呀。」

　　「那為什麼我看到……」

　　「嗯哼。」

　　莫非我的眼花了，我看到的男生其實是女生？不大可能，我的近視沒有這麼嚴重才對。

　　「到底為什麼……」我百思不得其解。

　　「那是因為，西瓜節的時候，宿舍開放參觀啊。」樂子說：「不管男生宿舍還是女生宿舍，都可以隨意進入參觀的。」

　　「所以也歡迎小偷囉？」

　　「笨蛋，當然要有人帶領進去啊。」

　　我點點頭，看著路邊叫喊賣著西瓜的人。同樣是賣西瓜，卻在攤子上插了兩個不同價錢的牌子。也許品質有差異吧。

　　「想進去看看嗎？」樂子問我。

　　「女生宿舍？」

　　樂子點點頭：「這是最後一次，也是唯一的一次機會喔。」

　　「好哇。我也想確定妳是不是真的睡在Ａ床。」

　　我摸著被樂子敲痛的頭，跟著樂子一起走進女一分舍。女生宿舍果然跟男生宿舍不一樣，從門口走進去，整個都是香的。我跟在樂子的後面，看著不少男生也像我一樣，好奇地左右顧盼著。

　　一個高瘦的男子眼神和我交會的時候，竟然跟我點點頭。一時之間我不知所措，只好點了兩下頭，好像雞啄米一樣笨拙。那個高瘦男子，原來是樂子室友的男朋友。

　　樂子的室友看著我，皺著眉頭。我小聲地在樂子耳邊問著：「妳室友是不是很討厭我？」

　　「爲什麼這麼說？」

　　「她老瞪著我看。」

　　「呵呵，你太多心了啦。」

　　我覺得自己好像古代戰場上的騎士，全身插滿了飛箭。而發射這些箭到我身上的，是樂子的室友。

　　走到樂子的寢室，我才知道原來女生的寢室也不見得整齊乾淨得一塵不染。而這還是整理過後的模樣。

　　「喂，妳騙我。」我對樂子說。

　　「我騙你？」

　　「妳不是說到處都吊著內衣，我怎麼一件都沒看到？」

　　樂子敲我的頭：「笨蛋，開放參觀，當然會把它收起來啊。」

　　「這樣不是太虛僞了一點嗎？」

　　「這不是虛僞，是表現最好的一面。」

「哦。」

樂子睡在Ａ床，寢室進去之後左手邊。床上擺著兩個西瓜，西瓜上面各貼著一張黃色的自黏貼。我好奇地上前看去，樂子擋在我的前頭，雙手平舉。

「不可以看！」

「爲什麼？」

「因爲那是禮物。」

「哦。」

我摸摸頭，沒有上前查探。也許西瓜節的習俗，就是要送西瓜吧。樂子的書桌雖然不是非常整齊，但是也說不上是凌亂。桌上擺著一對玩偶，是雷旺送給樂子的。玩偶的脖子上面掛著好幾面閃閃發光的金牌，看起來很可愛。

視線到處遊走著，樂子坐在床沿笑著看我。方才那個高瘦男子，對著我笑了笑：「你好。」

「你、也好。」我緊張地有些結巴。

「待會要一起去看告白大會嗎？」

「告白大會？」

我轉過頭看著樂子，樂子對我點點頭。

「西瓜節的時候，男生宿舍會辦一個告白大會，沒什麼好看的。」

樂子說完，開始綁頭髮。

「我沒看過，好有趣的感覺。」

我對著樂子笑，「等一下一起去吧！」

「我不是很想去。」樂子繃著臉，對我搖搖頭。

「可是我很想去看看，好不好嘛？」

「對呀，一起去比較熱鬧。」

高瘦男子一開口，肩膀被樂子的室友拍了一下，他一臉莫名其妙的樣子。

「要你多嘴！」樂子的室友說。

最後在我的央求下，樂子還是帶我去看那個告白大會。大會在宿舍前小平台舉行，不管男生女生，都可以站在小平台上，大聲對著自己喜歡的人告白。

當然，站在平台上的多半都是男生。當告白完之後，被告白的對象就必須站在原地，回答要或者不要。當被告白者回答「YES」的時候，全場會爆出熱烈的掌聲。而如果回答的是「NO」，告白的人會摸摸鼻子了，在親友團訕笑下離去。

我看著眼前這麼青春的氣氛，突然有一種自己老了的感覺。但我還只是二十啷噹歲的小夥子啊。

正當我傷春悲秋的時候，我聽到了平台上的人，喊著樂子的名字。

「王佳樂同學！」

我驚訝地轉過頭，發現一個帥氣的男生，站在平台上。樂子面無表情地看著，嘴巴鼓著不知道在想什麼。

「王佳樂同學，認識妳已經很久了，一直都很喜歡妳。」

台上的男生聲嘶力竭地喊著：

「妳願意和我交往嗎？」

　　我回過頭看著樂子，樂子一語不發。我突然有一種胸口被重物撞擊的難受感覺，不知道該怎麼形容。

　　樂子看著我，對我苦笑了一下。我大概知道為什麼樂子不願意來告白大會了。原來樂子跟我說的，都是真的。真的很多人很喜歡她，而且非常多。

　　現場開始有人大聲喊著樂子的名字，尋找著樂子。樂子在我的身邊，感覺離我很遠很遠。

　　「對、不、起。」

　　樂子把手圈在嘴邊，大聲地喊著。說完之後，樂子拉著我的手，把我拖離了告白大會的現場。不知道為什麼，我有一種鬆了一口氣的感覺。

　　「妳還真的很受歡迎呢。」我笑著。

　　「我跟你說過了，只是你不相信罷了。」

　　「我沒有不相信，只是親眼證實更讓我堅信。」

　　「呵呵。」

　　風吹過來，樂子整理耳邊頭髮的樣子，看起來很美。我們坐在女一分舍前，不知道該說些什麼。

　　雷旺到了之後，我們再度重回樂子的宿舍。也許因為告白大會正如火如荼地舉行著，宿舍宿舍參觀的人明顯少了許多。我們在樂子的寢室裡談天，我沒有告訴雷旺剛剛發生的事。

　　看著雷旺，我的胸口好像又被猛力地撞了一下。而這個是連環攻擊，持續了好多好多年。

　　「一人一個，不要搶喔。」

　　樂子把西瓜分送給我們，我們一人拿著一個西瓜不知道該說什麼。

　　「這麼大，我要怎麼搬回去？」雷旺說。

　　「為什麼不行，還是你的腦袋跟西瓜一樣。」樂子嘟著嘴。

　　「不要汙辱西瓜。」我笑著說。

　　我跟雷旺，一個人拿著一顆西瓜回去。我的寢室並沒有西瓜刀這種東西，所以沒辦法很快地打開來吃。就算有，那西瓜刀大概也插在家佑的頭上。

　　後來我才知道西瓜代表的是什麼涵義。我的胸口，像被幾百顆西瓜同時攻擊一樣，悶得讓我吐血。

第 9 樂章

紅色代表的是喜歡，
黃色代表的是祝福。
紅色是用來替代自己的愛情，
黃色是友情。
樂子把愛情送給了我，
卻讓我覺得，我的友情搖搖欲墜。

雖然是夏天，站哨的時候還是會有些涼。跟我一起站的是一個學弟。通常我在站哨的時候不會說話，靜靜地想著事情，或者發呆。這個學弟很識相，也沒主動開口跟我聊天。

夜晚的風特別迷人。距離我熟悉的地方，現在好像又遠了些。從南部到北部，從北部到外島。

我大概算是部隊裡頭最幸運的一個了。包括小柳在內，在外島的我們，通常顯得孤苦無依，家屬來探視的機會更是難如橫越太平洋。

我說過，我是幸運的。全區唯一的一次家屬來營，就發生在我身上。家屬來營是很特別的，長官通融的話，幾乎都可以外宿。我沒有選擇外宿，不知道為什麼。

如果有人問我，即將退伍的感覺如何，我想我會回答他，感覺就像終於拉完肚子一樣。只是，拉完肚子好像忘了擦屁股。

小柳告訴我，他決定秉持著男兒的好氣魄，在退伍之前跟漂亮的女醫官表達自己的心意。我當然不相信。

「我是說真的。」

「可是你說完就退伍了，有什麼意義嗎？」

小柳靠在牆上吐著煙：

「我只是想告訴他我的感覺而已。」

「這樣子的告白不會成功的。」

「無所謂，」小柳扔了菸，用腳踩熄了：

「想告白跟想告白成功是不一樣的。」

告白的用意，不就在希望可以告白成功？我朝著小便斗吐了一口口水，小柳揚著眉毛：「成不成功無所謂，問心無愧就好了。」

我很想問自己，是不是真的問心無愧。但是話到了嘴邊，又被我吞下了肚。

說到告白，西瓜節那個跟樂子告白的人，追了她整整四年。我以為世界上除了雷旺之外，沒有人這麼誇張。但我錯了。這世界上很用心愛著的人很多。

樂子告訴我，她一直不知道該如何拒絕那個人，只知道在學校盡量躲著他，即使他送來宵夜，不能退還的，就分送給室友吃。我沒有被人這麼對待過，我心裡有一點點的羨慕。

「那雷旺呢？」不知道為什麼，我這麼問樂子。

「雷旺？」

「他也喜歡妳很久了。」我想了想，「七、八年了。」

「我知道。」

「他也為了妳學口琴。」

「我知道。」

我點點頭，沒有再說些什麼。樂子看著遠方，不知道在想些什麼。我也不知道自己在想些什麼。

也許我一直沒有親口跟自己證實，但我知道，樂子在我心中有很不一樣的地位。不像是一般的高中同學這麼簡單。從高中的時候，我一直覺的可以認識樂子，是一件很驕傲的事。樂子漂亮，聰明，吹奏樂器的時候簡直像從小說裡走出來的人物

一樣。

　　只是，我最好的朋友，很喜歡她。我很喜歡他們兩個，所以只能在一旁靜靜地看。樂子不只一次問我那個西瓜的下場，所幸我可以確保西瓜很安全。

　　「很安全是什麼意思？」樂子問我。

　　「代表暫時沒有生命的危險。」

　　「也就是說，你還沒有吃囉？」

　　「是這樣的，我沒有習慣在寢室裡預備一把西瓜刀。」

　　樂子並沒有回答我，突然沉默了下來。我看著不說話的她，覺得有些不好意思，好像一個很不領情的人，當場打開了禮物，卻露出嫌惡的表情。

　　「我真的很希望你可以趕快吃那個西瓜。」樂子說。

　　「應該還不會過期吧？」

　　「希望不會，只是有些事情要趁早。」

　　「那⋯⋯妳過來跟我一起吃好嗎？」

　　「不可以。」

　　「為什麼？」

　　「西瓜節的西瓜，送給你之後，就⋯⋯」

　　「就怎麼樣？壞掉了？還是⋯⋯」

　　「就不可以再看到。」

　　「為什麼？」

　　「這是習俗。」

　　我不知道西瓜節的習俗是什麼，就如同我也不知道為什麼

中秋節要吃月餅一樣。要知道的東西這麼這麼多，我只能選擇我想知道的，我不得不知道的記住。尤其我的記性這麼不好。

我問家佑，為什麼西瓜節也會有這麼奇怪的習俗。家佑告訴我，因為中國人本來就很莫名其妙。

為了工作方便，西瓜節過後，樂子搬出了宿舍。從西瓜節之後，我再也沒有到過師大的女一分舍。

樂子搬家的時候，恰巧碰上了畢業考。而已經畢業的文靜，則帶著她穿著學士服的照片，北上幫忙樂子搬家。畢業考那個禮拜，家佑完全不看書。決定延遲一年畢業的他，一天到晚摸著他的電腦。只要一有空，我就會到他旁邊，告訴他我的回憶。而家佑飛快的打字速度，也仔細地把我說的話記下來。

每當我捧著書本，我就開始猶豫到底要不要多留一年。而讓我做出決定的，是樂子。或者，其實是需旺的號角。

我看著穿著學士服的文靜，照片裡的她捧著一束鮮花。是她直屬學弟送的。我很羨慕有直屬學弟妹的她，從我入學之後，我的家族似乎不大流行這一套。當其他同學喊著家聚很麻煩，很花錢的時候，我都會露出羨慕的的眼光。

家佑的學姊，是個大美人。大概也還是差樂子一點點。

家佑告訴我，其實他的學姊在冷豔的外表下，有一顆熱切的心。我沒辦法體會，我的大學生活幾乎沒有學長姊的照顧，也沒有學弟妹的存在。

畢業考結束前兩天，我接到雷旺的電話。我趕到校門口的時候，雷旺手裡拿著一顆大西瓜。不必想也是樂子送給他的那

一顆。在我寢室裡頭，雷旺拿了一把美工刀，要我把西瓜割開。

「最好西瓜可以用割的。」我說。

「沒辦法，學校餐廳師傅不把他的菜刀借給我。」

「這種方式割開西瓜，實在太笨了。」家佑說。

「不然你告訴我，怎麼打開會比較好？」我問。

「猜拳，輸的人用頭撞西瓜一次，直到把西瓜撞破爲止。」

雷旺看了家佑一眼，指著家佑說：

「好、好、好，這個辦法我喜歡，我們來猜拳吧。」

我無奈地點點頭：「那就開始吧！」

我跟雷旺杵在當場，等著家佑從電腦前面走過來。等了好一下子，雷旺不耐煩：

「你還在那邊幹嘛？」

「叫我？」家佑回過頭。

「不然這裡有第四個人嗎？」

「要我當你們的見證人或者是裁判嗎？」

「當然不是。」我搖頭。

「要我幫你們注意環境衛生嗎？」

「也不是。」

「那是怎樣？」

最後家佑也參加了「猜拳撞西瓜鐵頭功競賽」。雖然他百般不願意。我們三個之中，雷旺輸了最多次。其次是家佑，最少的是我。即使我猜拳只輸了兩、三次，但是用頭撞西瓜這種

遊戲，一次都嫌多。

剖開西瓜之後，裡面像黃亮亮的果肉，正在向我們招手。我們開心地拿出免洗筷子，把西瓜挖進免洗杯裡頭。

「好甜的小玉西瓜喔！」家佑讚嘆著。

「夏天就需要這顆西瓜！」雷旺嘴裡塞滿了西瓜。

我提議順便把我的那顆也順便宰了，可惜我們三個吃不完。雷旺拿著裝西瓜的杯子，跟家佑乾杯。

我說過，我覺得他們兩個非常相似，而很快地他們就熟悉了起來。這好像是家佑第一次看見雷旺。

當天晚上我們非常開心，雷旺要我帶他去附近閒晃，然而我的考試還沒結束。在雷旺的暴力之下，我也管不得隔天是不是有重要的考試，騎著車就往附近的山上騎去。

那是一個非常漂亮的地方，知道的人並不多。學校裡面的同學，多半也都不清楚有這麼一個看風景，還可以吹風的好地方。這個地方是家佑告訴我的。

我載著雷旺，不順利地找到上山的路。當然我沒有迷路，那個地方基本上還挺好找的。只是雷旺這個大塊頭，在後座動來動去，而我的騎車技術並不好，在山路上不得不提高警覺。

到了之後，雷旺跳下車，把安全帽扔給我。我不知道雷旺為什麼這麼高興，在路邊繞著圓圈奔跑著。雙手高高舉起，好像迎接著什麼恩典一樣。

「祝你畢業成功！」雷旺大聲對我說。

「我還在考慮要不要畢業……」

「不管啦，反正就先祝福你。」

「謝啦，那我也恭喜你順利考上研究所。」

「等等再恭喜我也不遲。」

「怎麼說？」

雷旺站在路邊，手放在眉毛上頭，眺望著遠方。我走到他的身邊，跟著他一起往遠方看。

「你往那邊看！」雷旺說。

我看著他手指的方向，山下一片燈火輝煌。

「很漂亮吧。」我說。

「那邊是哪裡你知道吧！」

「嗯……台北火車站。」我隨便瞎掰。

「不對，那邊是南邊。」

「南邊？」

「嗯。」

我退後一步，想分辨出方位。左看右看，我沒有辦法在黑夜裡分辨出東、西、南、北。我也沒學過星相學，不知道北極星在哪個位置。

「小晉，我們認識多久了？」

「不知道，好幾年了吧。」

「七年了。」

「嗯，七年之癢。」一點都不好笑。

雷旺用手肘假裝對我揮過來，我一個閃身，差點跌個狗吃屎。

「我都忘了怎麼認識你的了。」我笑著說。

「因為樂子啊！」

「啊！好像是這樣的沒錯。」

我想起雷旺第一次衝進我們教室，拿著麥克風對著樂子說話的樣子。我還記得，那時候他直接用嘴把鳳梨的皮剝光，一口一口吃著。

「小晉，你知道嗎，樂子跟我說過一句話，影響我很深。」

「什麼？」

我突然覺得胸口很悶。於是我把頭別過一旁，深呼吸了一下。

「她告訴我，她喜歡的男生要學音樂。」

「嗯。」

「你也知道我這個人，從來看不懂音符這些的。」

「嗯。」

「我很喜歡她。」

「我知道。」

雷旺從口袋裡掏出了口琴，用衣服的下擺擦拭著。我看著雷旺的動作，我很清楚雷旺的樂子的心。我真的很清楚，但是我的腦子只能記住一個清晰的樣子，所以不得不把另外一個畫面模糊掉。

我模糊掉的畫面，讓我的胸口很悶。而我不想碰觸它。

「我決定，在我下台南之前，一定要告訴樂子最後一次。」

「最後一次？」

「我想，我沒有辦法這樣等她了。」

「你的意思是……」

「我想正式的跟她告白。」

我的心像被揉爛的紙團，糾結在一塊。

「你打算怎麼跟她說？」

「我自己也不確定。」雷旺拿著口琴端詳著：

「大概，會用這個東西告訴她吧。」

我點點頭，拍拍雷旺的肩膀。我想鼓勵他，但是我的舌間長滿了雜草。我連一句話都說不出來。

「我打算，明天告訴她。」

「明天嗎？」

「嗯，你要陪我嗎？」

「不、不。加油，你可以的。」

「謝啦。」

山邊的風很涼，但是沒有鬼屋後山的溫暖。騎車下山的路上，我回想著這些年來，我們共同的回憶。一切的一切。歷盡滄桑之後，我才找到那段回憶，只是已經有些晚了。遠走他鄉之後，我才知道我遺落了太多的機會。

只是，我再也找不到我的翅膀。再也找不到了。

「我對我自己，感到無能為力。」

我要家佑幫我記下這個感覺，家佑拍了拍我，要我別多想。一直到現在，我也還是對自己無能為力。總覺得自己花盡了所有的時間，來反抗那種對自己的質疑。

我質疑著自己的心，也懷疑著我的心情。

「不要想太多，真的。」家佑跟我說。

「我現在的心情很複雜。」

「其實你應該早點對自己承認，你喜歡樂子。」

「沒有這回事。」

「有沒有，要問你自己了。」

家佑走回電腦前，回過頭來對著我說：

「其實我也只會說而已，真要我面對的時候，我大概會像你一樣徬徨吧。」

隔天的考試，我完全無心準備。拿著課本的時候，我會煩悶地想甩開。而我真的把課本甩下床，我又得爬下床起將它撿起來。我重複著這個動作第三次的時候，寢室的電話響了。我聽到文靜的聲音，覺得肩膀一陣痠痛。

「小晉。」

「嗯。」

「書看得怎麼樣了呢？」

「看得汗流浹背。」

「這麼認真呢。」

電話那頭傳來文靜鈴鐺般的笑聲。可惜我的汗流浹背不因為吸收書本裡的知識。

「怎麼，這麼晚了突然打給我？」

「沒，我想你一定還沒睡，想替你打打氣。」

「謝謝妳。」

「謝什麼呢？」

文靜，謝謝妳。如果不是妳時常給我鼓勵，要我好好發洩自己的情緒，我不知道怎麼走過這一段路。也許我在不知不覺中習慣了妳的鼓勵，而習慣會使人易於忘記。

「你一定要打起精神來喔。」

「我會的。」

「千萬不要胡思亂想喔。」

「我會的。」

「你啊，我總覺得不知道你在想什麼。」

「我沒亂想什麼很害羞的事。」

「呵呵，我當然知道啊。」文靜的聲音，讓我的心情平靜下來：「不管你的決定是什麼，我會在學校等你的。」

「這樣聽起來，很像我欠妳錢妳要來討債。」

「不要亂說。」

這筆債，我似乎還不起。我欠她的太多，而我擁有的，實在不夠。第二天，我考完試在宿舍門口遇見雷旺。我嚇了好大一跳，雷旺笑著。

雷旺到了我的寢室，不停看著放在牆腳的西瓜發呆。我走到牆腳，把西瓜拿起來拍了兩下，遞到雷旺面前。

「很想吃喔？」

雷旺搖著頭苦笑，我把西瓜丟到他大腿上。

「今天，結果如何？」我假裝漫不經心的問著。

「小晉，我們把西瓜打開來吃好不好？」

「猜拳喔？」

雷旺沒有答腔，從背包裡頭拿了一把水果刀出來。我差點心跳停止，趕緊奪下他手中的水果刀。

「幹嘛，告白失敗打算自殺？」

「去你的，」雷旺把水果刀拿回去，「我帶來殺西瓜的啦。」

「專程帶來的？」

「對。」

雷旺兩腿夾著西瓜，右手用力地剖著西瓜。我伸出手想幫他固定住西瓜，他要我不要過去。

「小晉……」雷旺一邊剖著，一邊說。

「怎麼？」

「今天，樂了沒有回答我。」

「嗯，她需要一點時間考慮吧。」

雷旺搖頭，我第一次看到雷旺臉上的自信，躲到床底下去。那個天下無敵的雷旺，雙手顫抖著殺著西瓜。

「不然是怎樣？」

「啊！」

雷旺大吼一聲，西瓜被肢解了。因為用力過猛，整個西瓜分成兩半，流出裡面的西瓜汁。地板上都是紅色的西瓜汁，好像雷旺真的把西瓜幹掉了一樣。

「果然……」雷旺小聲地說。

「什麼，果然什麼？」

「沒什麼。」

雷旺把其中一半的西瓜遞給我，要我從他的背包裡拿出湯匙。我捧著一大瓣的西瓜，吃了一口。我想起雷旺那顆黃色的，似乎比較甜。也許是我放的太久了點。

雷旺直接用水果刀挖著西瓜，我很擔心他會順便把自己的舌頭割下來。雷旺沉默著，我不敢開口問。

「小晉。」

「嗯？」

「你還記得那個星砂嗎？」

「星砂？」我真的沒印象了。

「高中去海邊裝的。」

「啊，好像有印象。」

雷旺不顧滿手西瓜汁，把手伸到口袋裡去，拿出一個透明的小瓶子。站起了身，雷旺把它遞給我。

「嗯，我看過了。」

我看了看，把它還給雷旺。

「你收著吧！」

「幹嘛？」

「我原本要把它送給樂子。」

「那怎麼會在這裡？」

「因為她不要。」

「所以你就轉送給我？」

「也不是這個原因。」

「那是為什麼？」

雷旺不回答我，我只好跟著繼續吃西瓜。大約吃了三分之一，我覺得很撐，但雷旺仍舊繼續吃著。

「你很餓喔？」

「不會。」

「那幹嘛拚命吃？」

「因為它是紅色的西瓜。」

「這是什麼爛理由啊！」

雷旺繼續吃著，我把我那瓣西瓜放下，抽了張衛生紙擦擦手，看著瓶子裡的星砂。瓶子很普通，裡頭裝的沙子也很普通。只是這樣的東西，代表的意義相當的與眾不同。

「我許了一個願望。」雷旺一邊吃，一邊噴著西瓜汁。

「什麼願望？」

「我希望樂子，可以快樂幸福。」

「嗯。」

「所以我把它送給了你。」

「要我幫忙拿給她？」

雷旺搖頭。

「你知道為什麼，我想把西瓜吃乾淨嗎？」

「因為你喜歡吃啊。」

「因為它是紅色的。」

「因為你喜歡紅色？」

「因為紅色代表喜歡。」

　　我聽不懂雷旺在說些什麼，我走過去拍拍他的肩膀。雷旺應該很喜歡紅色吧，紅色是一個很棒的顏色。

　　「振作一點。」我試圖安慰他。

　　「你聽清楚，紅色代表喜歡。」

　　「我聽清楚了。」

　　「所以，你一定要讓樂子快樂幸福。」

　　「我？」

　　師大的西瓜節送西瓜是一個傳統，也在這個時候，向心中的對象，表達自己的感情。我想起西瓜節那天，在樂子的寢室裡，我好奇地想瞧她床上的西瓜。樂子攔阻了我，而西瓜上面貼了兩張黃色的自黏貼紙。

　　紅色代表的是喜歡，黃色代表的是祝福。紅色是用來替代自己的愛情，黃色是友情。樂子把愛情送給了我，卻讓我覺得，我的友情搖搖欲墜。

　　「我果然不是金牌，果然拿不到金牌。」雷旺繼續吃著西瓜。

　　「雷旺，我……」

　　「還好是你，這樣我比較放心。」

　　「雷旺……」

　　我不知道該說些什麼，我的腦袋好像突然變成了西瓜一樣。雷旺的話，把我的腦袋一分為二，左邊代表紅色，右邊卻是黃色。而我夾在中間，不知所措。

　　雷旺發狂似的吃著西瓜，即使嘴裡早塞滿了，還是不停地

把西瓜往嘴裡塞。我甚至分不清楚，從他嘴裡流出來的，是西瓜汁，還是心裡的血。

樂子沒有回答雷旺，因為早就已經把答案告訴我們了。只是答案在我的眼前，我卻把它放在牆腳。如果星砂可以許願，可不可以多給我一個願望。可不可以，不要讓我知道這個答案？

雷旺離開我的寢室之前，我目瞪口呆地靠在牆邊。遠遠地，遠遠地，我聽見了那首熟悉的音樂，熟悉的口琴聲。口琴聲越來越遠，我知道雷旺也逐漸離開。

而悲傷的旋律，讓我既煩悶，又沉重。我一邊想著雷旺悲傷的神情，慌張地像迷路的孩子。當我感到煩悶的時候，我伸出了我的左手揮了兩下。希望把煩悶的感覺揮走。當我覺得沉重的時候，我伸出了我的右手招了兩下。渴望可以得到一點放鬆。

我的煩悶來自於愛情，我的沉重來自於友情。

我把自己關在寢室裡，不想踏出門一步。總覺得離開了寢室，我就必須面對我的掙扎。

寢室的電話響了很多次，以往接電話的都是我。響了不知道第幾次，家佑把電話接起來，回過頭看著我。我對他搖搖頭。

家佑坐回電腦前面，「答、答、答」的打字聲聽起來，像催促著什麼。我手裡捏著星砂瓶，不停地搖晃，搖晃。越搖晃，越覺得裡頭裝了太多的東西，太過沉重。有雷旺的願望，

有樂子的愛情，還有我的。

家佑回過頭來看著我，我兀自發呆著。

「你要這樣子發呆到什麼時候？」

「要不要下去吃個飯？」

「會不會口渴，我拿飲料給你？」

我沒有回答他。

「剛剛樂子打電話給你。」

「她問我你是不是生病了。」

「我回答她『對』。」

「我說，你生了很嚴重的病，叫做腦漿溶化症。」

「我跟她說，你的智力退化到跟狗屎差不多。」

我抬頭看著家佑，伸出我的中指。不知道該如何面對，於是乾脆不要面對。

「她說，她在師大的日光大道等你。」

「她有話想跟你說。」

聽到這裡，我的身體像三十萬伏特的電流穿過一樣，猛地一顫。

「現在是夏天。」家佑轉回頭，「我只是想提醒你，蚊子很多。」

「啊？」我有點聽不懂。

「你肯開金口囉！」家佑說，「夏天蚊子很多，別讓人等太久。」

「還是算了。」我搖頭。

「能說的、能幫你的，我都做了，剩下的，你自己決定吧。」

我看著手裡的星砂瓶，猶豫了好一下子，站起身。

「騎慢一點，蚊子不會比大卡車可怕。」家佑對我說。

我騎著車在馬路上，不覺得目的地是師大，反而覺得自己正朝著回憶的路上騎去。我想著第一次看見樂子的時候，她正拿著薩克斯風，在教室練習。想了好一會兒，我努力回想當天她吹的曲子是什麼。因此我不小心闖了紅燈。

好像是蔡琴的「最後一夜」吧！我記得樂子的薩克斯風，吹得特棒。

到了日光大道，昏暗的燈光下，遠遠地看見樂子熟悉的身影。我抱著好大一個西瓜，往樂子的方向走去。西瓜是我剛才在路邊隨便買的，可惜我買不到跟樂子一模一樣的。這個西瓜比樂子給我的那顆大得多，騎車的時候我夾在兩腳之間，腳不聽使喚地發抖著。

「你來了。」樂子看著我手裡的西瓜。

「讓妳等了這麼久，真的很抱歉。」

我真的很抱歉，樂子。讓妳等了這麼久的時間。而我在猶豫跟掙扎中，無能為力。

「你生病了？」

「沒有，」我笑著，「我沒有生病。」

「那就好，沒事就好。」

「樂子……」

「畢業考還順利嗎？」樂子打斷我的話。

「嗯。」

「陪我走一走，好嗎？」

我點點頭。夏天是炎熱的，可是抱著西瓜的手，卻傳來一陣一陣的涼意。樂子對我的西瓜視而不見，抱著西瓜的右手，有點痠疼。

我們從日光大道走往操場，偶爾樂子的肩膀會碰到我抱著西瓜的手。傳來一陣的痛。我不知道該說些什麼，就安靜地陪著樂子走著。

樂子搬出了女一分舍，不必趕在十二點以前回去。我突然想到，上次到樂子的宿舍去，我忘了到三樓跟四樓交界，看一看那個情侶見面的地方。

「樂子……」

「啊！我是不是還沒跟你說我的新住址，我現在住在……」

「樂子，」我打斷她的話，「我有話想跟妳說。」

樂子轉過頭，突然往反方向走。我跟在她的後面，追上她的腳步。

「你說吧。」樂子笑著。

「雷旺……」

「我已經拒絕他了。」

「他喜歡你很久了，很用心的喜歡妳。」

「我知道。」

「我們認識了這麼久，都很了解他了。」

「我知道。」

「他真的真的非常喜歡妳，妳知道嗎？」

「嗯。」

「妳要不要，重新……」

「小晉。」

樂子咬著嘴唇，停下腳步。

「我知道他喜歡我很久了，我真的知道。」

「他為了妳，也跑去學音樂了啊。」

「你知道嗎，小晉，我也喜歡他，」樂子把頭髮勾到耳朵後面：「可是，不是那種喜歡。」

「他喜歡妳很久……」

「我也喜歡你很久了。」

樂子平靜的說著，一個手滑，右手的西瓜掉到地上。我慌忙地把西瓜撿起來。

「我很早就把答案跟你說了。」

紅色代表的是喜歡，代表的是愛情。

「小晉，我喜歡你。」

我的右手一陣疼痛，好像只要一隻蚊子停在上頭，就會讓我的右手離開我的身體。我調整一下姿勢，手裡的西瓜太沉重，太沉重了。

繼續繞著操場，我感覺到自己像極了旋轉木馬。不停繞著圓圈，卻走不出一條路。也許就像家佑說的，旋轉木馬只能悲哀地繞圓圈。騎在我們身上的，是一連串的過去。

　而穿中直入，把我們血淋淋地劃破的，叫做愛情。

　「樂子……」

　「你的手可以借給我嗎？」

　「我的手？」我直覺地看著自己捧著西瓜的右手。

　「借給我一下下。」

　「嗯。」

　樂子牽起了我的左手，我們繼續繞著操場。冰冷的，捏著我的手。我感覺到靠近自己的這個部分開始融化，而靠近樂子的那個部分，已經結冰了。

　「你還記得大一生日的時候，你跟雷旺幫我慶祝嗎？」

　「記得。」

　「我的第三個願望，就是希望可以跟你牽手逛校園。」

　「嗯。」我不知道該說什麼。

　「謝謝你，我的願望實現了。」

　「不客氣。」

　「謝晉溢，我喜歡你。」樂子轉過頭看著我。

　「樂子……」

　「叫我王佳樂，好不好？」

　我不自覺地握緊了樂子的手，我不想讓樂子這樣結冰。樂子也握緊了我的手，我的右手非常非常的酸疼。

　「王佳樂，我也喜歡妳，很喜歡妳……」我鬆開了樂子的手：「可是對不起，我不能喜歡妳。」

　「你……你可以說清楚一點嗎？」

「我喜歡妳，就是那種喜歡。可是我比不上雷旺……」

「雷旺？」

「對不起，我不知道該怎麼辦，該怎麼選擇……」

我把手裡的西瓜，拿給樂子。西瓜很重，非常非常的重。或許，比樂子給我的西瓜還重很多、很多、很多。

就像我對樂子的愛情一樣，很重很重。而我的手，抱不起來。

「紅色代表愛情，妳把愛情送給了我。」

樂子接過西瓜，兩隻手抱著。

「所以我也把我的愛情送給妳，很大、很大的愛情。」

「希望妳快樂、幸福，這是雷旺替妳許的願望。」

「對不起，我沒辦法幫妳達成，我喜歡妳，而我不能喜歡妳。」

樂子的眼淚沒有聲音的落在西瓜上面。或者說，落在我的愛情上面。樂子轉過身去離開，瘦瘦的背影，抱著我很大的愛情。我沒有衝上前去幫她，因為我的愛情，已經不在我的手裡。對不起，樂子。

王佳樂，我喜歡妳。

很喜歡、很喜歡。

第
10
樂
章

我把西瓜給了樂子，
以為只是把樂子跟我的愛情還給她，
沒想到，
我還把自己的過去一併送走。
一乾二淨。

　　回宿舍整理行李，準備搬離的時候，我遇見了家佑。他告訴我，畢業典禮那天，文靜到學校找我。我沒有參加畢業典禮，而選擇延畢一年的家佑，卻參加了拿不到畢業證書的畢業典禮。

　　家佑拿給我一張車票，如同我看過很多次的一樣。

　　「把這張車票拿給你，你就知道了。文靜這樣跟我說的。」

　　我收下了車票，塞進口袋裡頭。宿舍一住就是四年，一離開就是永遠了。家佑決定搬回家。他對我拍胸脯保證，一定會好好完成我的紀錄，我的故事。我對他笑了笑。

　　現在對我來說，記不記錄似乎已經不是那麼重要的事了。我害怕去面對。這個時候很慶幸自己的記性差，也許有一天，我什麼都會忘記。

　　那天目送樂子離開之後，我在日光大道發呆。不知道多久，我才感覺右手酸疼的無法騎車。同一個時間，我的肩膀也一樣痛著。那是我長翅膀的地方。

　　那天回到宿舍，宿舍已經關門了。我從後邊圍牆爬上去，像個小偷一樣。這是我大學四年來，第一次爬牆回宿舍。

　　也是最後一次。

　　回到寢室之後，我整個晚上沒有闔眼。我的腦中不斷重複著樂子抱著西瓜離開的背影，還有她牽著我的手時，掌心傳來的溫度。樂子的眼淚落在西瓜上一滴，我就抽痛一次。

　　什麼時候開始，我們都練就了一身傷害別人的好本領。傷害別人的同時，自己也遍體鱗傷。

我決定直接畢業，不打算繼續升學。回顧後面的路，這幾年來的我，像一個軀殼一樣，走到了這裡才發現，自己什麼都沒有得到，也沒有留下。

失去的倒是多的不得了。

我把西瓜給了樂子，以為只是把樂子跟我的愛情還給她，沒想到，我還把自己的過去一併送走。一乾二淨。

聽到雷旺最後一次吹口琴之後，我沒有見過他，當然更不可能再聽到那快樂的聲音，那悲傷的風。如果我覺得自己很寂寞，那麼雷旺肯定比我更寂寞。

我不知道自己為什麼會拒絕樂子，或許，雷旺的口琴聲太過悲傷，讓我不知所措；而我害怕破壞我走過的一切，沒想到我還是抹掉了我所有的足跡。我不願意去思考，我的決定究竟是對，或者是錯。

對、錯都已經不再重要了。我們還是必須背著包袱往前跑，一直到忘掉的那一天為止。只是有些事情，一輩子都忘不掉。我向家佑道別。離去之前，家佑給我一個大擁抱。

「珍重。」家佑說。

「你也是。」

「要找我很容易的，你知道。」

「嗯，保持聯絡。」我說。

「是，是。」

我看著眼前這個傢伙，不由得笑了出來。

「你真是一個怪人，怪斃了。」我對家佑說。

「不怪怎麼當你的朋友，對吧！」家佑笑著。

「如果哪一天，你幹了什麼怪事，我想我也不意外。」

「如果哪一天，你又幹了什麼蠢事，我想我也能理解。」

「那……再見了。」我招著手說再見。

家佑走到我眼前看著我：「再見了又叫我幹嘛？」

我搖頭：「這是我說再見的方式。」

這是我說再見的方式，那一天，我好像忘了跟樂子說再見。雷旺也是。

告別了家佑之後，我背著行李在校園四處亂逛。這也許是我最後一次，像這樣沒有方向的在這裡走著。走到了情人坡附近，我拿出口袋裡的車票看了一下。

我回頭看著自己痠痛的肩膀，我的翅膀始終沒有出現。所以我飛不高，也飛不遠。我拿出筆，在車票背面寫著。

『我希望我擁有一對翅膀，可以飛得很遠、很遠。然後，說再見。』

我跑回宿舍，衝到家佑面前，把車票拿給他。

「如果，如果你在學校遇到文靜，幫我把這個拿給她。」

「這個？這個不是……」

「謝謝你了，麻煩你了。」

家佑拍了我痠痛的肩膀一下：

「說這什麼傻話，交給我。」

我走出校門，走出過去。耳邊好像又響起了雷旺的口琴聲。我回過頭，看著熟悉的景色。

「再見。」

「再見，家佑。」

「再見，文靜。」

「再見，我的大學生活。」

「再見了，我的回憶。」

畢業之後兩個月左右，我的兵單就來了。新訓在苗栗的斗煥坪，一個我從來沒有到過的地方。也許是巧合，在陌生的環境裡，我顯得自在許多。

這裡沒有想像中的嚴格，當然被當作玩具呼來喚去是正常的。新訓的第一個禮拜以及第二個禮拜，是家屬會面的時候。頭一週我的父母親都來了，我頂著一個大光頭，感覺有點奇怪。第二週，我要家裡的人不要來，因為實在沒什麼好看的。

那個週末，我原本打算在寢室裡發呆。令我意外的，文靜一個人跑來。我不好意思地脫下我的帽子，露出我的大光頭。

「妳、妳怎麼知道我在這裡？」我驚訝地問。

「有人告訴我的。」應該是我家人吧。

「感覺好奇怪喔，呵呵。」我傻笑著。

「最近好嗎？好久沒見到你了。」

「就當個普通的阿兵哥，無所謂好或不好。」

「要注意自己的身體。」

「我會的。」

「記得要吃飯喔！」

我每天都吃一大堆呢，文靜。

　　文靜離開之後，我左思右想，不明白會什麼文靜會到這裡找我。我沒有告訴任何人。

　　文靜離開之前，拿了兩張車票給我。我放在眼前看了看。一張被面是空白的，上頭寫著今天的日期。另外一張，是我托家佑幫我轉交給她的。

　　「這麼久了，妳這個習慣還是沒有變。」我笑著。

　　「如果不需要變，不是最好的嗎？」

　　不變是最好的？我不知道。

　　我在背面寫下一些感謝的話，表達我對文靜來這裡的驚訝與開心。我把兩張車票遞回給文靜，文靜搖頭，把其中一張還給我。

　　「咦？怎麼了？」

　　「這張放在你那裡。」

　　「爲什麼？」

　　「因爲你在上頭寫了『再見』。」

　　「所以？」

　　「你把那句『再見』拿回去。」

　　說出口的再見，要怎麼收回？我想了很久、很久。我拿著車票，一次又一次地看著。

　　下了部隊，我抽籤分發到台南。雷旺應該在這裡吧！

　　這裡的生活，不像中心那麼輕鬆。每天早課晚課，睡覺之前還會被叫起來訓話。每天在精神緊繃的狀態下，沒有多餘的心情胡思亂想。每天熄燈之後，只想著趕緊把握時間睡覺。

　　在台南，我唯一的消遣就是看小說。文靜放在我這裡的那本藍色小天使，也是在這裡看完的。經過了那麼多年。我看完了整本書，才知道原來是個悲劇。最後長翅膀的女孩子，真的飛到另外一個世界去。看到這一段的時候，我腦中總會浮現翁婆婆的臉。不知道，翁婆婆在另外一個世界，會不會很寂寞？是不是跟我現在一樣？

　　看完這本小說之後，我開始喜歡上閱讀文字的感覺。在此之前，除了課本之外，我幾乎只看有圖案的書。過了大約半年的時間，我開始忙碌的受訓生活。一下子到新竹，一下子到宜蘭。最後的一個地方，也剛好是最遠、最遠的。

　　我離開了台灣本島。離開本島之前，我到書店買了一本小說，想打發時間。小說很有趣，可惜髒話有點太多。看著這本小說，我想起了家佑。這傢伙寫的東西，跟家佑還真像。我翻到書的封底，看著作者介紹，看完之後我差點跌到椅子下。

　　這個作者連長相都跟家佑差不多，真是活見鬼了。我大概花了二十分鐘左右的時間，才確認這本小說的作者，就是家佑。難怪內容似曾相似。

　　如果我的記性好一點，說不定看到第一行，就會知道是那個傢伙寫的。果然是一個怪到不行，怪到徹底的人。我從書裡，發現了當初家佑一個人抽悶菸的時候，到底想著什麼。

　　不過我也對他非常的了解。他這個人，是不可能會在書裡頭說出太過於赤裸真實的事。看著這本小說，才發現原來所謂的過去，竟然可以在短短的幾行裡頭交代解釋。

　　只是沒有說出來的部分，有的時候特別地沉重。

　　我打電話詢問家佑這件事，家佑輕描淡寫地帶過。尤其當我問到這個故事的真實性有多少。電話裡頭，我似乎可以感覺到，家佑正抽著菸，對我比著中指。

　　「真厲害，已經是實力派作家了呢。」

　　「誰告訴你的？我才不是實力派。」

　　「不然你是什麼派？蘋果派？」

　　「一看也知道我是走偶像派的，還用問嗎？」

　　「你還真不要臉。」

　　「我說實話啊，我沒實力，當然只能當偶像。」

　　「還沒看過這麼不要臉，自稱偶像的偶像。」

　　我一邊笑著，真的可以感覺到，家佑在電話那一端，對著我比中指。

　　「你的故事，到底是真的還是假的？」

　　「你猜。」

　　「我很認真的問你。」

　　電話那頭稍微沉默了幾秒鐘，我才聽見家佑的聲音。

　　「故事永遠都是假的，而真正被記錄下來的，是故事裡頭的心情。」

　　「只要那個心情是真的，故事的真假，還那麼重要嗎？」

　　我對著電話，豎起了大拇指。就算家佑是看不見的。也許他還是一樣，喜歡胡亂說著一些話。包括他的報告，他的故事。但是不知道為什麼，我對他說的話有一種親切的感覺。也

許我們都在故事裡頭，我們會捏造出一些情節，欺騙自己。但是自己的感情是不會騙人的。

我說了幾句鼓勵的話之後，把電話掛上。掛上電話之後，我不由得佩服起這個怪人。也很慶幸，我可以認識這麼樣的怪人。

在外島的生活，不能像在本島那樣自由自在。來來去去就這麼點大的地方，如同被困在牢籠，往左也是死角，右邊也是死角。我反而在這裡得到一點救贖。離開了熟悉的地方之後，我才回過頭，看著一路走過來的痕跡。

我想著翁婆婆的鬼屋，想念噴子德對著雷旺發射的彈弓。我想著文靜害羞可愛的樣子，想著總是被她說太理性。

我的心臟分成了四個部分。當我想到翁婆婆跟噴子德的時候，我的左心室被拔走了。而回想起雷旺的口琴聲，我的右心室也被拔走。當我同時想起文靜跟樂子的時候，我的左心房、右心房，也同時消失無蹤。

我只剩下一個軀殼。

到東引第三個月，我接到了家屬來營的申請通知。我記得我跟父母交代過，不必過來探望我。在東引，家屬來營通常被戲稱做「家屬來引」，簡直是天大的恩賜。當我走出營區，見到文靜的時候，我感覺我失去的左心房開始結冰。

「妳……妳怎麼？」

我不敢走向前，過度驚慌的我，害怕眼前的景象是假的。

尤其那個時候，恰巧是農曆的七月半。

「造成你的困擾了？」

「不、不，完全不會，只是很驚訝而已。」

那一天我很早就回營，沒有外宿。小柳知道來找我的是文靜，在我耳邊嘮叨了很久很久。

「我第一次遇見像你這種笨蛋，可以出去不出去的。」

「女孩子大老遠來找你，哇靠！你這樣放她回去。」

「沒有人像你這麼好命哦，你的腦袋是不是有問題？」

我沒有回答小柳，只是心裡沉甸甸的，有點難受。手裡拿著一疊的車票，我感覺到我的肩膀，有什麼東西被砍斷了一樣。

「你怎麼知道我在這裡的？」我問文靜。

「我問人的。」

「嗯，這樣啊……」問誰？家佑嗎？

文靜拿了一點吃的給我，要我把它收下。我不知道該不該收下，猶豫了一下。

「這裡吃的東西少，收下吧。」

「嗯。」最後我還是收下了。

「爲什麼都不跟我們聯絡呢？」

「當兵嘛。」

「你知道這個樣子，會讓人很難過嗎？」

「我不是故意的。」

「這樣子眞的讓我很擔心。」

我低下頭，看著自己的鞋子。我不敢看文靜的表情。文

靜，妳始終像個天使一樣，站在我的前面。而我，怎樣都無法像妳一樣，從那個角度看著世界。

　　妳知道我有多麼羨慕妳，羨慕妳的翅膀嗎？可是我能想到的，竟然只有「對不起」三個字而已。我是多麼習慣有妳在我身邊鼓勵我，卻又多麼愚蠢地看作理所當然？

　　「我找到那個童話故事了。」

　　「什麼童話故事？」

　　「你高中時候跟我說的。」文靜微笑著：

　　「美麗的天使被上帝懲罰，掉落凡間，遇見她的王子。王子不知道自己是王子，以為自己是乞丐。天使愛上了他，愛上了他……」

　　文靜沒有繼續說下去。這個故事，是在什麼時候告訴她的？我忘了。

　　「小晉，我想你應該知道，我很掛念你的。」

　　文靜說著。束引今天來了個天使。

　　「每次我想到你的時候，就會擔心你是不是又在胡思亂想了。」

　　「你知不知道，你不跟我們聯絡，讓我很害怕？」

　　我抓了抓頭，滿懷歉意：「文靜，對不起。」

　　「你答應過我，要跟我並肩走，不會丟下我的不是？」

　　「文靜……」

　　「你感覺拚命地往前跑，我根本追不上你……」

　　「對不起。」

「你答應過我的……」

我拍拍文靜的肩膀，不知道該說些什麼才好。我的話到了喉嚨，才發現我只能發出「咿嗚」的聲音。

「小晉，你應該知道的，你知道的。」

「嗯。」

「小晉，我說過我會等你的。」

「嗯。」

「不管你在哪哩，我都會飛過去看你。」

「嗯。」

「小晉，我喜歡你。」

「嗯。」

文靜拿給我一疊的東西，全部都是我寫過的車票。第一張的日期，已經是好多年前了。我拿著整疊車票，愣在當場。

最後一張車票，日期寫著今天。我習慣性地翻到背面，沒想到背面早已寫滿了密密麻麻的字。

我湊在昏暗路燈下，看了車票背面的字句。

『如果你在我前方，我會想盡辦法追上你。如果你在我後頭，我一定會停下腳步等你。如果，我們併著肩，那就永遠在一起。』

「我該走了。」文靜低著頭說。

「文靜。」我張著嘴，「嗯……再見。」

文靜抬頭看了我一眼，旋即低下頭。

「再見。」

　　我看著文靜離去的背影。從噴子德、翁婆婆離開，一直到看著雷旺、樂子的背影。鬼屋軍團，一個接著一個，解散了。後來我才發現，其實我才是脫隊的那一個。

　　「文靜！」我把手弓在嘴邊，對文靜喊著。

　　文靜背顫抖了一下，轉過身子看著我。

　　「對、不、起，我、沒、有、翅、膀。」我大聲喊著，

　　我跟文靜說再見。找了翅膀這麼久，我才知道我永遠不可能會有翅膀。就像世界上沒有天使一樣。

　　「如果我是你，我一定會感動到死。」

　　小柳很羨慕我，我對著他搖頭。

　　「我的紅色西瓜，已經送給我最愛的女孩了。」

　　紅色的西瓜只能有一個，多出來的只能夠是黃色的西瓜。小柳不敢置信地看著我，聽不懂我在說什麼。我下意識地回過頭，看著我的肩膀。這已經變成我的習慣動作。當我覺得生活苦悶，撐不下去的時候，我會想著曾經有一個天使在我身邊。

　　而我，在沒有天使的世界裡，吹著我的號角。

　　這幾年，我沒有跟雷旺或者樂子聯絡。除了文靜來找我之外，我好像忘了自己的過去。每天重複的生活。退伍之前最後一次放假，我回到高雄。我接到了家佑的電話。

　　「我考慮了很久。」

　　「考慮什麼？」我不懂。

　　「我在思考故事的名字。」

　　「故事？」

「我欠你的那個故事。」

「我的故事？」

「我原本想替故事取一個名字，叫做『蠢男備忘錄』。」

「蠢男是誰？」

「誰答腔就是誰。」

這傢伙。這個傢伙。

「後來我想想，故事從翁婆婆的鬼屋開始，應該取名為『鬼屋特攻隊』，可是這樣很像鬼故事。啊，對了，我寫了不少鬼故事。」

「去你的。」

「沒禮貌，最後我想了想，乾脆叫做『兩男兩女的愛戀』，聽起來又像色情小說。」

「最後呢？」

「還沒說完，我心裡最喜歡的名字，就是『西瓜歷險記』。」

「關西瓜什麼事？」

「這個我想一想，晚一點告訴你。」家佑說，「最後，我替這個故事，取了一個名字，我自己很喜歡。」

「嗯？」

「雷旺號角。」

「雷旺號角？這不是我的故事嗎？怎麼會用雷旺的名字？」

「你只是故事裡的一分子，而我是作者。故事裡的主角是人，而我是神。」

　　家佑說著：「所以我決定了算。」

　　雷旺號角，雷旺的號角。可是，雷旺的號角，吹奏出來的都是難過的聲音啊！

　　「難過的聲音，最容易引起共鳴。」

　　家佑說。

　　「但是我必須請你幫我一個忙。」

　　「什麼忙？」

　　「故事的結局，我還沒有想到。」

　　「所以？」

　　「所以如果你的想法，有了任何改變，記得通知我。」

　　家佑說：「等你告訴我的時候，才是故事開始的時候。」

　　「等我告訴你？」

　　等我告訴他的時候，不是故事要結束的時候嗎？為什麼會是開始？最後我告訴家佑，要他隨便幫我想一個結局。記錄著這幾年，我想大概也沒有什麼好當作結局的。我希望他幫我捏造一個結局，怎麼樣的都好。我一個人生活，一個人到處奔波。我的記性不好，我忘了太多太多的過去。所以我也不難過了，也不後悔了。我希望是這個樣子，因為遺忘，所以不後悔。也因為後悔，所以選擇遺忘。

　　收假前一天，我的心頭亂糟糟。也許因為家佑告訴我，他要動筆寫下我們的故事。我忘了有沒有告訴他，我們的歌。

　　我們的歌。

　　我拿起塵封的小喇叭，努力回想著腦中的音符。拼湊著，

很多很多的回憶也跟著跑了出來。我試著吹奏，試著想起。一聲接著一聲。

離開之前，我背著簡單的行囊，準備提前回部隊。沒想到有一天，我竟會想提早回去那個牢籠。眞是傻的奇妙。我想起之前一次放假，雷旺來接我的那個颱風天。我眞的很傻嗎？

走著走著，我回到了鬼屋。從翁婆婆過世之後，第一次踏上這裡。景色沒有多大的變化，只是少了一點笑聲。少了那個時候的我們。鬼屋邊的番石榴樹，上頭結著一顆、一顆的果實。我手邊沒有彈弓，我好想吃一吃番石榴。我隨意撿起地上的一塊石子，往樹上丟去。

「誰在偷摘我的番石榴？」

我嚇了一跳，趕緊把手邊的石子放下。那一瞬間，我以爲我遇見了翁婆婆。我也以爲，這個故事變成了鬼故事。

「是誰在偷摘我的番石榴？」一個聲音，「誰？」

我把頭探過去，沒有見到人。

「再不說話，我要打人囉。」

我聽見一陣掃把敲著地板的聲音。

那個聲音，有夏天甜甜的味道，好像耳邊有一陣薩克斯風的聲音。我彷彿回到了高中時代，樂子正拿著打火機燒著我的屁股。我走向前，推開鬼屋的門。

夏天就要到了，突然很想吃個西瓜。水分很多，果肉甜美的西瓜。樂子站在我的眼前，拿著掃把躲在門後。看見我嚇了一跳。我把帽子脫下，抓著頭笑了笑。

「王佳樂。」我說。

樂子瞪大眼睛，說不出話的模樣。

「王佳樂，我有跟妳說過，我很喜歡妳這件事嗎？」

樂子看著我，一下子用力地搖頭，一下子又像想到什麼一樣，慌忙點頭。

「妳又點頭又搖頭的，我看不懂。」

「小晉？」

鬼屋裡頭，少了翁婆婆的笑聲。鬼屋裡頭，仍舊一塵不染。

「你怎麼會在這裡？」

樂子手裡的掃把，「啪」的一聲掉在地上。

「我回來看看，看看而已。」我把帽子戴回頭上，「妳又怎麼會在這裡呢？」

「我……我來這裡，我來這裡度假。」

「度假？」

「對啦對啦。」

樂子將掃把撿起來，敲了我的頭一下。

「也不說清楚，害我以為有什麼人，嚇死我。」

「我也被妳嚇到了啊！」

「快退伍了？」

「嗯，」我笑了笑，「快了。」

「很好哇。」

「妳還在那間音樂教室上班？」

「嗯。」

我走往熟悉的位置，昨天的笑聲還在耳邊。

「啊，對了，噴子德剛剛來過。」樂子說。

「噴子？他回來了？」

「對呀，他現在比雷旺還高呢！」

「哇！那他現在人呢？」

「去找雷旺了。」

「雷旺也回來了？」

「應該吧。」

「不會連文靜都回來了吧！」

樂子拿掃把又敲了我的頭一下。

「笨蛋，文靜在上課啦！」

「喔。」我摸摸頭，「這樣一來，就到齊了。」

「嗯？」

「這樣一來，大家都到齊了。」

我們又回到了祕密基地，也許外面正下著雨。我們都是蝴蝶，飛啊飛的，終究要回到這裡來。

「樂子，最近好嗎？」

「嗯。」

「我可不可以問妳一件事情。」

「嗯。」

「我有沒有跟妳說過，我很喜歡妳？」

樂子拚命地搖頭，搖頭。

「樂子，我很喜歡妳。很喜歡妳。」

「大笨蛋！」

「我喜歡妳。」

樂子的眼淚，鬼屋的空氣。下雨天的蝴蝶，我是大笨蛋。

「我好熱，我們去吃西瓜好不好？」我說。

「你不必回部隊嗎？」

「還早。」

「可是我不想吃西瓜。」

「但是我想送妳西瓜。」

我摸摸樂子的頭，擦掉她臉上的淚。

「我要送給妳粉紅色的西瓜。」

「哪有粉紅色的西瓜！」

「有哇，紅色代表愛情，粉紅色代表……」

「什麼？」

「臭酸的愛情。」

我的頭又被掃把敲了一下。

「笨蛋，我才不要臭酸的咧。」

「不行，雖然放久了一點，但是更甜。」

「不要。」

「不只更甜，吃了胸部會變大。」

樂子笑了，下雨天的蝴蝶可以回家了。因為雨，停了。

這一次，妳說YES，我說YES。

這是粉紅色的西瓜節。

國家圖書館出版品預行編目資料

天使忘了飛翔／敷米漿著. -- 二版. -- 臺北
市：麥田，城邦文化出版：家庭傳媒城邦分
公司發行，2009.01
　　面；　　公分. --（電小說；9）
　ISBN 978-986-173-468-2（平裝）

857.7　　　　　　　　　　　　　　97025516

電小說9

天使忘了飛翔

作　　　者／敷米漿
選　書　人／陳蕙慧、林秀梅
責 任 編 輯／林怡君

副 總 編 輯／林秀梅
總 經 理／陳蕙慧
發 行 人／涂玉雲
出　　　版／麥田出版
　　　　　　城邦文化事業股份有限公司
　　　　　　台北市100台北市中正區信義路二段213號11樓
　　　　　　電話：(02)23560933　傳眞：(02)23516320；23519179
　　　　　　部落格：http://blog.pixnet.net/ryefield
發　　　行／英屬蓋曼群島商家庭傳媒股份有限公司城邦分公司
　　　　　　台北市民生東路二段141號2樓
　　　　　　書虫客服務專線：02-25007718 02-25007719
　　　　　　24小時傳眞服務：02-25001990 02-25001991
　　　　　　服務時間：週一至週五09:30-12:00 ·13:30-17:00
　　　　　　郵撥帳號：19863813　戶名：書虫股份有限公司
　　　　　　讀者服務信箱E-mail：service@readingclub.com.tw
　　　　　　歡迎光臨城邦讀書花園　網址：www.cite.com.tw
　　　　　　香港發行所／城邦（香港）出版集團有限公司
　　　　　　香港灣仔駱克道193號東超商業中心1樓
　　　　　　電話：(852) 25086231　　傳眞：(852) 25789337
　　　　　　E-mail：hkcite@biznetvigator.com
　　　　　　馬新發行所／城邦（馬新）出版集團【Cite(M)Sdn. Bhd.(458372U)】
　　　　　　11, Jalan 30D/146, Desa Tasik,
　　　　　　Sungai Besi, 57000 Kuala Lumpur, Malaysia.
　　　　　　電話：(603) 90563833　　傳眞：(603) 90562833

封 面 設 計／江孟達工作室
攝　　　影／呂瑋城
印　　　刷／鴻友印前數位整合股份有限公司

■2009年（民98）2月3日　二版一刷　　　　　　　　Printed in Taiwan.

定價／240元

城邦讀書花園
www.cite.com.tw
書店網址：www.cite.com.tw